木戸の別れ

大江戸番太郎事件帳㉝

喜安幸夫

廣済堂文庫

目次

二つの予兆　7
結びついた事件　81
嵐の前触れ　148
かねての覚悟　216
あとがき　282

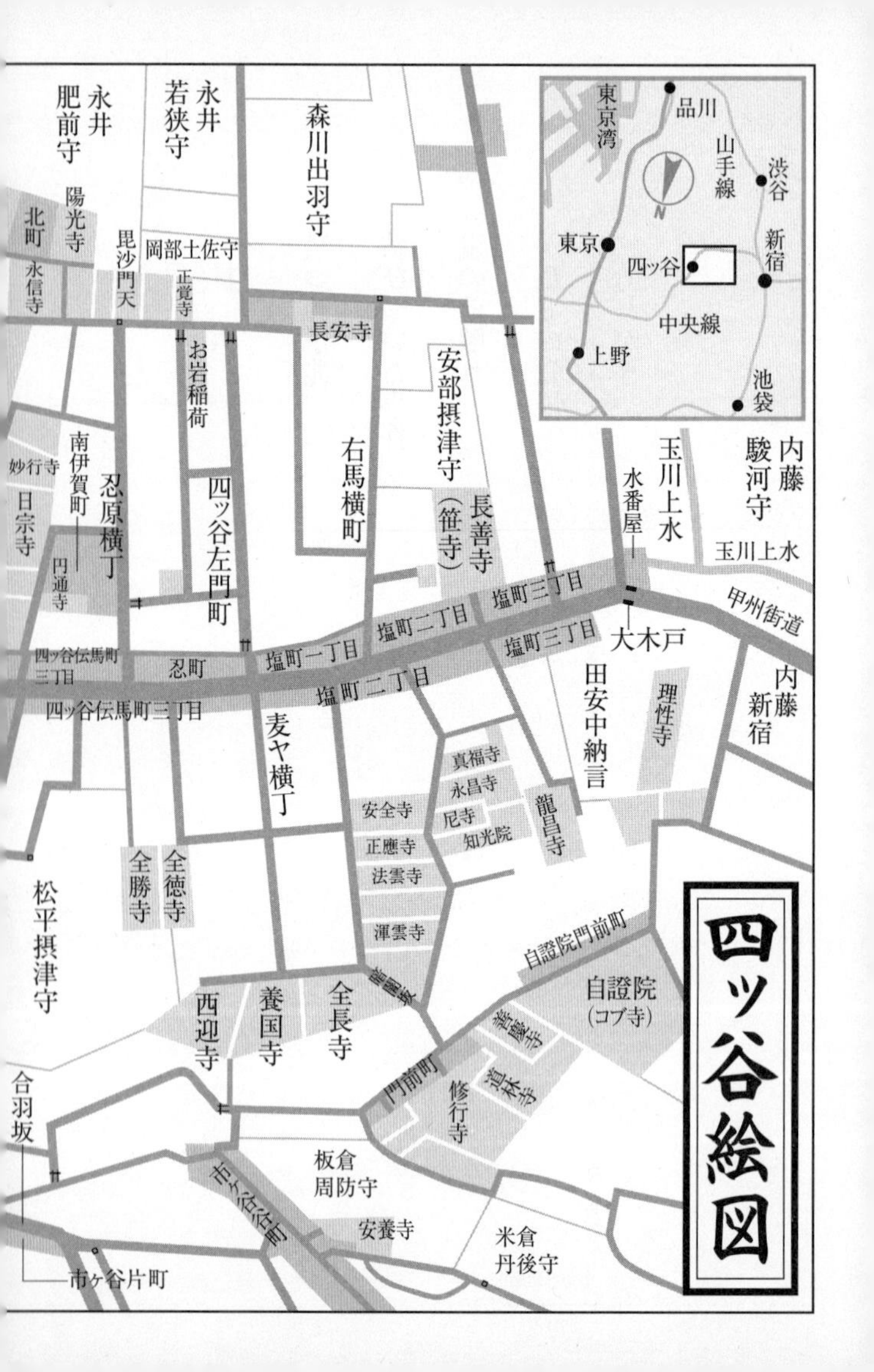
四ッ谷絵図
永井肥前守
永井若狭守
森川出羽守
北町
陽光寺
毘沙門天
岡部土佐守
永信寺
正覚寺
長安寺
お岩稲荷
安部摂津守
右馬横町
四ッ谷左門町
長善寺（笹寺）
南伊賀町
忍原横丁
妙行寺
日宗寺
円通寺
塩町一丁目
塩町二丁目
塩町三丁目
四ッ谷伝馬町三丁目
忍町
四ッ谷伝馬町三丁目
麦ヤ横丁
真福寺
永昌寺
安全寺
尼寺
知光院
正應寺
法雲寺
運雲寺
龍昌寺
全勝寺
全徳寺
松平摂津守
西迎寺
養国寺
全長寺
自證院門前町
自證院（コブ寺）
門前町
修行寺
道林寺
合羽坂
市ヶ谷片町
板倉周防守
安養寺
米倉丹後守
水番屋
玉川上水
内藤駿河守
甲州街道
大木戸
田安中納言
理性寺
内藤新宿
東京湾
品川
山手線
渋谷
新宿
東京
四ッ谷
中央線
上野
池袋
N

御駕籠町
龍谷寺
円応寺
表町
北町
谷町
宗福寺
南寺町
鮫ヶ橋
戒行寺
西念寺
谷町
鮫ヶ橋
真成院
安楽寺
愛染院
松平佐渡守
仲町
南
東
西
北
伊賀町
伊賀町
伊賀町
四ッ谷御門
四ッ谷伝馬町一丁目
四ッ谷伝馬町新一丁目
麹町十一丁目
竹町
麹町十一丁目
大横丁
麹町十二丁目
麹町十三丁目
麹町十三丁目
四ッ谷伝馬町二丁目
四ッ谷伝馬町二丁目
御箪笥町
御箪笥町
御堀
四ッ谷塩町一丁目
四ッ谷塩町一丁目
伊賀町
了覚寺
十三丁目横丁
福寿院
伊賀町
伊賀町
四ッ谷坂町
四ッ谷坂町
市ヶ谷本村町
法光寺
市ヶ谷本村町
市ヶ谷本村町
尾張徳川家上屋敷
市ヶ谷八幡町
市ヶ谷八幡宮
木戸
自身番
一丁=約109メートル
一丁
五丁

二つの予兆

一

江戸の町は極月（十二月）十三日を境に、急にあわただしさを増す。

武家も商家も裏長屋も一斉に煤払い（大掃除）がおこなわれ、鋳掛屋の松次郎も羅宇屋の竹五郎も仕事は休み、朝から長屋の住人らと、

「おうおう、畳はこっちにまとめて立てかけようぜ」

「おーい、うちのほうの屋根も頼むぜ。いま板を持って上がるからよう」

と、精を出し、それが終われば路地のどぶ浚いである。

この間にも左門町の通りのあちこちから、畳を叩く音が聞こえてくる。

「おう、中はもう掃き終ったかい。畳を入れるぞ」

「はいな。運んでらっしゃいな」

木戸番小屋の中と外で声をかけ合っているのは、おミネと松次郎だ。そこへ、

「奥は終わったぜ。おう、番小屋のかい。よし」

と、路地から出て来た竹五郎も一緒になって畳をかつぐ。

「すまねえなあ、いつも手伝ってもらってよう」

木戸番人の杢之助が、竹箒を持って横に立っている。さっき木戸の一年間の汚れを雑巾で落とし終えたばかりだ。

街道おもての清次の居酒屋でも、この日は暖簾を出さず煤払いに専念し、おミネも手伝いに行き、きょうは着物の裾をたくし上げ、手拭を姐さんかぶりに大忙しだった。

どこも夕刻近くには終え、商家などでは奉公人にふるまい酒を出し、玄関前に縁台を出して往来人にまでふるまったりもする。

左門町の木戸番小屋でも清次の居酒屋から差し入れがあり、縁台こそ出していないものの、奥の長屋の住人が、

「きょうはお疲れさん」

と、軽く一杯引っかけていく。松次郎と竹五郎は昼間ほこりを叩いたすり切れ畳に上がり込んでいる。

今年もおミネは煤払いが終われば、あとは木戸番小屋でおさんどんになってい
た。
長屋の大工の女房が、ちょいとすり切れ畳に腰を下ろして湯飲みの熱燗(あつかん)をのど
にながし込み、
「おミネさん、ここに引っ越したら。似合うよ、木戸の女房って。さっそくきょ
うから。そうすりゃあ来年は年明け早々、いい年になるのにねえ」
あと半月ほどで天保七年（一八三六）は終わる。
「えっ」
瞬時おミネは驚いた顔をつくったが、これまでもまわりからたびたび言われて
いたことだ。細身の色白で四十路(よそじ)に近い女やもめだが、この想いばかりは歳には
関係がない。あるのは環境のみである。
一緒に木戸番小屋の三和土(たたき)に入った左官屋の女房が、
「そうそう、このさい松つぁんも竹さんも、誰かいい人いないのかね。なんなら
探してみようか」
すり切れ畳に胡坐(あぐら)を組み、けっこういい色になっている松次郎と竹五郎に言っ
ているあいだに、おミネはちらと杢之助の反応を窺(うかが)った。大工の女房は冗談の

ような口調だったが、あながち冗談でもないのだ。

が、おミネが杢之助の表情を読むよりも早く、

「てやんでえ、大きなお世話でえ」

「そうさ。俺たちゃ気楽に生きてえだけよ」

「そういう感じだなあ、松つぁんと竹さんは」

角顔の松次郎が反発するように言ったのへ丸顔の竹五郎がつづけ、杢之助はそのほうへ反応を示した。

(ん、もう)

おミネは胸中に不満の声を上げ、

「あら、あれは湯屋向こうの庄吉さん。どうしたのかしら」

と、みずから話題をそらすように、視線を開け放された腰高障子の外にながした。

おもての甲州街道から左門町の木戸に入り、いま木戸番小屋の前に長い影を引いたのは、たしかに醤油屋のせがれ庄吉だった。

左門町の通りの中ほどに湯屋があり、そこから二軒目の商舗だ。十二歳のときにおなじ四ツ谷界隈の料理屋・もみじ屋へ包丁人見習いとして奉公に上がり、近

いこともあり今年春から通いを許されたのだ。といっても、毎日左門町から通っているわけではない。月に一、二度であろうか。それでも親にとっては嬉しいもので、おミネなどは太一の奉公先が品川の老舗割烹・浜屋と遠いことから、ずいぶん羨ましがっている。太一より六歳年上で今年十九歳である。

もみじ屋はおもての甲州街道を東へ進み、江戸城外濠にぶつかり丁字路になった左手の四ツ谷伝馬町一丁目にあり、通うにもそう遠くはない。むしろ近い。もみじ屋は老舗というほどではないが、包丁人は亭主と若い庄助も入れて五人もおり、女衆もおなじくらいの数がそろっている、四ツ谷御門に近いせいか客筋には武家も多く、四ツ谷界隈では名の知られた料理屋である。

そこで包丁を振るうようになった庄吉を、左門町の住人は、

「――えらい出世じゃ」

「――そのうち醤油屋が割烹になり、おやじさんもおふくろさんも楽隠居さね」

と、うわさし合っている。

その庄吉が木戸の前を通りかかったのだ。帰って来るとすればいつもは暗くなってからだが、珍しく陽のあるうちに帰って来たのは、きょうが煤払いの日だったからだろう。

その姿におミネが〝どうしたのかしら〟とつい言ったのは、いつもなら精気のみなぎっている庄吉の足取りに元気がなく、肩も落としていたからだった。奉公先のもみじ屋も煤払いで、実家の手伝いができず申しわけないといった、そんな程度の肩の落としようではない。

「ほんとだ。珍しいぜ、しょげこんでるみてえでよ」

と、松次郎も気づいたか、すり切れ畳から腰を浮かせ、

「おぉう、庄吉じゃねえか。きょうは特別だ。寄っていかねえか」

触売(ふれうり)で鍛えたよく通る声を投げた。

木戸番小屋にいる全員の目がそこにそそがれた。庄吉は立ちどまり、ちらと木戸番小屋のほうへ目をやっただけで、また下を向いて醤油屋のほうへとぼとぼ歩き出した。

「なんでえ、ありゃあ」

松次郎があきれたように言ったのへ竹五郎が、

「もみじ屋さんで、親方か女将(おかみ)さんに叱られでもしたんじゃねえかなあ」

と、心配するようにつないだ。

もみじ屋は鋳掛屋の松次郎の上得意で女衆をよく知っており、包丁人頭(がしら)で亭

主でもある市兵衛（いちべえ）は煙草をやり、竹五郎の羅宇竹（らうだけ）の贔屓筋（ひいきすじ）で、裏庭の縁側で世間話などすることがよくある。だからおなじ町内の者ということも手伝い、松次郎が声をかけ、竹五郎が心配するように言ったのだった。

庄吉は木戸番小屋からの視線を背に受けながら、左門町の通りを醤油屋のほうへ重そうに小幅の歩を進めて行った。

「でも、いい息子さんさね」

「そうね。それじゃあたしたちはこれで」

と、大工と左官屋の女房は敷居を外にまたぎ、

「おミネさん。ほんとう、お似合いだよ」

「松つぁんと竹さん、じゃまするんじゃないよ」

ふり向いてまた冗談めいた口調で言い、

「てやんでえ」

「もう、またあ」

松次郎とおミネの声を背に、長屋のほうへ消えた。

「ごめんなさいね、あんな冗談なんか」

おミネが言いながら、杢之助と松次郎、竹五郎の湯飲みにチロリの熱燗をそそ

ぎ、自分の湯飲みにも注いだ。おミネがなかば照れるように言ったのは、大工の女房の〝お似合いだよ〟に対してか、左官屋の女房が松次郎と竹五郎に〝じゃまするんじゃないよ〟などと言ったほうにか、……おそらく両方に対してだったろう。

が、松次郎が、

「いいってことよ。それにしても、俺たちがこうして番小屋に上がり込んで酌み交わすなんざ、めったにねえことだぜ」

と、熱燗のそそがれた湯飲みを口に運んだ。

そのとおりだった。毎日木戸番小屋に出入りしている三人だが、すり切れ畳に腰をおろしても上がり込むことはほとんどなく、しかもおミネを交え四人そろって酌み交わすなど、これまでの煤払いのときもなかった。

このあと長屋の者が来なかったせいか、木戸番小屋はしばし四人の座となり、竹五郎が、

「おとといだったか、近場をながしたときよ、榊原（さかきばら）の旦那の手習い処に、身なりのととのった侍（さむれえ）が入（へえ）って行くのを見かけたぜ」

「あ、それなら俺も見た」

話したのへ松次郎がつないだ。

「ほう」

杢之助が興味を示し、湯飲みを持った手をとめたのへおミネが、

「そりゃあ榊原さまはご浪人でもおさむらいだから、お武家に知り合いがあってもおかしくないじゃないの」

「いや。それが、挟箱を担いだ中間を一人随えて、いかにも正式な武士の訪いといったようすだったんだ」

「そういえば、そうだったなあ」

竹五郎が返したのへ松次郎がつなぎ、おミネが、

「あら、いやだ。まさかどこかのお大名家に、仕官でも決まったっていうんじゃないでしょうねえ」

言ったところへ、閉めていた腰高障子が開き、

「おう、松と竹。まだいたのかい。早く行かねえと終わっちまうぜ」

「もう残り湯だぜ」

と大工と左官屋が顔をのぞかせた。手に濡れ手拭を持っている。

「いけねえ、早く行かなきゃ。竹」

「おう」

松次郎があわてたように腰を上げ、竹五郎もつづいた。

湯屋である。湯屋はどこでも夜明けごろから日の入りまでで、日暮れてから火を焚く(た)のはご法度(はっと)になっている。日の入り寸前だった。このあとはぬるくなるばかりで、

「江戸っ子の入る(へえ)風呂じゃねえ」

ことになる。

松次郎と竹五郎が急いで三和土で下駄をつっかけると、

「さあ、おミネさんも。こんな日はめったにねえ。早う長屋に戻ってゆっくりしねえ。きょうは疲れたろう」

と、杢之助は催促するように言った。

「ん、もう」

おミネは不満そうに腰を上げた。

軽やかな下駄の音が、長屋のほうに遠ざかった。

杢之助は胸中につぶやいた。

(すまねえ、おミネさん)

二

冬場は日足が早いうえに、急激に夜の帳（とばり）が降りてくる。

さっき陽が落ちたばかりというのに、杢之助は提灯（ちょうちん）の棒を腰に差し、首から下げた拍子木を打ち、

「火のよーじん、さっしゃりましょうーっ」

と、町内を一巡してきた。黒っぽい股引（ももひき）に地味な綿入れを着込み、手拭で寒さ除（よ）けの頬（ほお）かぶりをし、下駄に白足袋（しろたび）でいくらか前かがみになって拍子木を打ちながら町内をまわる姿は、どの町でも見られる風物詩になっている。杢之助は、江戸に数多いそのなかの一人である。木戸番人は、冬も夏も白足袋が決まりになっている。

左門町の通りに人通りはすでになく、木戸から街道に出てみたが、いつもならまだ提灯の灯（あか）りがちらほらと揺らいでいるのに、きょうはもう暗く広い空洞のなか、遠くに一つか二つ揺れているだけだった。清次の居酒屋も、朝から軒提灯も暖簾も出しておらず、もう雨戸も閉まっていた。

町を一巡して帰ると、木戸番小屋に出るときは消したはずの灯りが、腰高障子にうっすらと映っていた。

(ほっ。やはり来ているな)

杢之助は胸中につぶやき、

「きょうは、いつもよりゆっくりできそうだなあ」

言いながら腰高障子を引き開けた。杢之助が開けると、下駄の音と同様、音はしない。

「きょうも、ご苦労さんでやす」

と、すり切れ畳に胡坐を組み、待っていたのはおもての清次だった。

「そっちも大変(てえへん)だったろう。おミネさんが幾度も手伝いに行っていたが」

「へえ、おかげさまで」

と、差し向かいに胡坐を組んだ杢之助の湯飲みに、清次は提(さ)げて来たチロリの熱燗をそそぎ、自分の湯飲みにも満たした。

普段なら晩めし時分からまだ書き入れ時がつづき、おミネも忙しく立ち働いているころである。清次の居酒屋は晩めし時が過ぎると、すぐさきの内藤新宿(ないとうしんじゅく)の色街へくり出すまえにちょいと景気づけにといった客がよく入る。だがきょうは、内藤新宿も一斉に煤払いで、夜になっても開けている店はない。これも毎年のことである。

「どうでえ、おめえんとこの煤のたまり具合は。けっこう繁盛しているから、掃除も大変だったろうなあ」

「へえ、ありがたいことでございます」

清次は応える。とても町に雇用されている木戸番人と、居酒屋とはいえ街道おもてに暖簾を張る旦那とのやりとりではない。この姿は、杢之助と清次の二人だけのときのものであり、おもてではたとえおミネや松次郎、竹五郎にも見せられないものである。

杢之助はもみじ屋の庄吉を話題にした。町内まわりから帰って来たとき、木戸番小屋に灯りのあるのを見て〝やはり〟と、清次が来ることを期待していたようにつぶやいたのは、この話をしたかったからでもある。

話した。

いつもなら、

『ほれほれ。また杢之助さんの取り越し苦労が始まった』

と、清次は言うところだが、きょうは違った。居酒屋で醬油屋とはつき合いが深いからというだけではなさそうだ。
「えっ、杢之助さんも気がつきやしたかい」
と、清次も真剣な表情になったのだった。
女房の志乃が外の縁台で簡単なふるまい酒を出し、それもそろそろ仕舞おうか
と清次がおもてに出たときだった。
そこへ庄吉が通りかかった。
「——やあ、もみじ屋さんももう仕舞ったかね」
清次が声をかけたという。
「ところが庄どん、どうしたのかいつもと違い、返事もせず、すこし小走りに
なって……。みょうな感じでやしたよ」
と、町内の同業の清次に声をかけられ、逃げるように木戸へ入り込んだのだ。
そこでまた松次郎に声をかけられ、顔を下に向け通り過ぎたことになる。
「へゝ、見るからに元気はありやせんでした。あんな庄どん、珍しいですよ」
「竹さんも言っていたが、やはりもみじ屋でなにか失策でもやったかなあ。若え
うちはそれでいいのだが」
「そのとおりで。庄どんがああも落ち込んでいるたあ気にはなりやすが、仕事場

でのことでさあ。そんなことで、役人がこっちの左門町に入って来るなんざ、ありっこござんせんからねえ」

清次は言い、湯飲みを口に運んだ。

部屋の隅の油皿の炎が小さく揺れた。

「――奉行所の同心にゃ、どんな目利きがいるか知れたものじゃねえ」

というのが、杢之助の口ぐせである。事件があって、それが左門町に関係あることで同心が来たなら、詰所に木戸番小屋が使われ、町内を案内するのは杢之助ということになる。それを杢之助は恐れているのだ。

その口ぐせに対して清次はいつも、

「――杢之助さんの取り越し苦労でさあ」

と、返しているが、きょうは杢之助にいつもの口ぐせを出させないよう、先手を打ったかたちになった。

杢之助も庄吉の件に関しては、左門町から離れた伝馬町でのことと、それ以上気にとめることもなく、

「そりゃあそうと……」

言いかけたところへ、腰高障子に提灯の灯りが映った。清次の女房の志乃だ。

指に提灯と新たな熱燗のチロリを引っかけ、煮物を盛った皿を両手で支え、足と腰で器用に腰高障子を開け、

「すいませんねえ。きょうはこんなものしかできなくて」

と、三和土に入り、すり切れ畳に置いたのを清次が上体をねじって引き寄せ、

「すまねえなあ。いつも気を遣わせてしまって」

杢之助が言う。

油皿の灯芯の炎が大きく揺れ、すり切れ畳に落とした杢之助と清次の影も、右に左にと小刻みに揺れている。

「気など遣っていませんよう。きょうはまだ早いですから、ゆっくり飲んでくださいな」

志乃は返し、話に加わるでもなくさっさと引き揚げる。

下駄の音が街道のほうへ遠ざかる。木戸を出て右へ一軒目が清次の居酒屋で、建物が木戸番小屋と背中合わせになり、夜更けて木戸を閉めてからでも裏庭つたいに行き来ができる。

杢之助がなにか言おうとしたのを清次がさえぎるように、

「よしてくだせえ。また言いたいのでやしょう。おめえにはでき過ぎた女房だ、

と」

「ふふふ。そのとおりだ」

杢之助は返した。志乃に〝いつも気を遣わせて〟と言ったのは、いつもこのように熱燗や肴を用意することに対してだけではない。

左門町に降りかかろうとする火の粉を防ぐため、ときには杢之助が闇に走り、清次が秘かに合力することがある。それができるのも、志乃がなにも言わずに留守居をしているからである。杢之助と清次の以前を知っているのは志乃だけであり、志乃はそれを承知で清次と一緒になったのだ。杢之助が志乃へ感謝するように言ったのには、そのことが含まれている。

「いつもそれを言われたんじゃ、くすぐったくって仕方ありやせんや。それよりも杢之助さん、さっきなにか言いかけたんじゃありやせんかい」

「ああ、それだ。松つぁんと竹さんから聞いたんだが、手習い処に中間を随えた立派な身なりの武士が来て、おミネさんは榊原さまが仕官？　などと心配していたが、おめえ、なにか聞いていねえかい」

「えぇっ」

と、清次も〝仕官〟の言葉に驚き、口に運びかけた湯飲みをとめ、杢之助に視線を据えた。

「ふむ」

清次の驚きに得心するように、杢之助も真剣な表情でその視線を受けている。もちろんおミネが最初に言ったように、榊原真吾も浪人とはいえ武士だから、そこへ武士が来ても不思議はない。だが、長年の浪人暮らしで手習い処の師匠のところへ、中間を随えた武士が来たのには、杢之助も気になるのだ。

真吾は手習いのほか剣術の達人でもあり、街道で馬子や大八車の荷運び人足が喧嘩をしたり、乱暴な浪人者が住人相手に暴れたりすれば、町の誰かが麦ヤ横丁の手習い処に走る。そこで真吾が駈けつければ、たちどころに喧嘩は収まり、乱暴な浪人者もおとなしくなる。いわば榊原真吾は、左門町から麦ヤ横丁、その両どなりの塩町や忍原横丁一帯の、頼りになる町の用心棒でもあるのだ。町を歩くときは無腰で、その気さくな人柄も住人たちに親しまれている。

おミネや松次郎、竹五郎が心配したのは、その榊原真吾が町からいなくなることである。

だが、杢之助と清次が淡い灯芯一本の灯りのなかで顔を見合わせたのは、ほかに理由があった。

杢之助が闇走りをし、清次が合力しても間に合わないときなど、真吾に助っ人を頼むことがたびたびあったのだ。真吾も〝世のためなら〟と、秘かに走り大刀を振るったことが幾度かあった。そのとき、杢之助が必殺の足技を使うのを見たのも、清次をのぞいては真吾だけなのだ。

まだある。いつも下駄を履いている杢之助から、足音の立たないのに気づいているのも、清次をのぞけば真吾一人なのだ。

そうした杢之助に真吾は、

「――人はいろいろ」

と、言い、以前をまったく詮索しようとはしなかった。そのような真吾の性格を、杢之助は気に入っていた。

「ま、仕官と決まったわけじゃねえ。榊原さまは確か播州姫路藩のご浪人だったなあ。あしたにでも行って訊いてみよう」

「話がどうであれ、あっしらは驚かないことにしやしょう。町のお人らは驚くかもしれやせんが」

と、この件は課題をあとに残し、ここで終わった。

時刻はまだ五ツ（およそ午後八時）にもなっていない。五ツといえば清次の居酒屋に客が絶え、おミネが提灯を片手に軽やかな下駄の音を立て、木戸番小屋に顔をのぞかせ奥の長屋に帰って行く時分である。清次が熱燗のチロリを提げて木戸番小屋に来るのは、普段ならそのあとである。

「そうそう、こんなこと話題にはなりやせんが……」

清次が話をつづけた。

午過ぎ、煤払いの最中で、街道に出した畳を叩いているときだった。となりの古着商・栄屋も手代の佐市の差配で小僧の平太らが、部屋の畳を街道に出していた。この日ばかりは街道に往来人もすくなく、荷馬も大八車もほとんど通らないので心置きなく使える。

「――えっ」

と、清次は畳を叩く手をとめた。

「――おう、小僧。番頭はいるかい」

高飛車な声が聞こえたのだ。すぐそこだから、自分が〝小僧〟などと不意に怒鳴られたように感じたのだ。

小僧の平太が、

「――はい、なんでございましょう。きょうはご覧のとおり、商いは休ませていただいておりますが」

「――うるせえ、おめえじゃ分からねえ。番頭を出せ」

二十歳を出たばかりくらいの、いかにも遊び人といった風情の男だった。男は棚卸し(たなおろ)のように商品が混雑している店のなかにつかつかと入って行った。

「それからしばらく店の中でなにやら揉(も)めているような声が聞こえ、それがかなりつづき、男はぷいと出て来て四ツ谷御門の方向へ帰(けえ)って行きやした。来た方向は見ていなかったので分かりやせん。平どんがつづいて出て来て、また畳を叩きはじめたので訊いてみると」

「――はい。何日か前に持って来た古着を返せ、と大変な剣幕で。手代の佐市さんだけじゃなく旦那さまも奥から出て来られ、ようやくあした用意しておきましょうと帰ってもらった次第なんです。まったく困ったお客でございます」

平太は応えたという。

「言いがかりにしてはみょうだなあ」

「へえ。その若えの、顔に殴られたような跡がありやして。そこもちょいと気になりやした」

「ほう。喧嘩暮らしの与太かなあ。まあ、藤兵衛(とうべえ)旦那のことだ。応対にソツはねえと思うが」

李之助は返し、

「おう、そろそろまわらねばならねえ」

と、腰をねじって板を張り合わせただけの枕屏風にかけていた拍子木を取り、腰を上げた。

「それじゃあ、まだ宵の口のような感じでやすが、きょうはこれで」

清次も腰を上げた。

昼間はどの家も今年一杯の塵芥を払い落し、暗くて見えないが気のせいか、町全体が清潔になった感じがする。

――チョーン

拍子木を打ち、

「火のーよーじん、さっしゃりましょーっ」

李之助の声が、暗い空洞のようになった左門町の通りへながれた。

湯屋のあたりは、とくに念入りに見る。

醤油屋の前にさしかかった。すでに灯りはなく、庄吉はもう疲れて寝ていようか……。

三

「ほっ、朝か」

と、杢之助が搔巻にくるまったまま目を覚まし、首を腰高障子のほうへまわすと、そこだけがうっすらと白く浮かび上がっている。いつも自然に杢之助が目を覚ます夜明けのころだ。

昨夜は早めに寝たわけではない。まわりの仕舞うのが早くても、木戸番人は夜四ツ（およそ午後十時）に一日の最後の見まわりをして木戸を閉めなければならないから、寝る時刻はいつもと変わりがない。

「えいっ」

かけ声とともに搔巻をはねのけ、上体も跳ねるように起こし、そのまま立ち上がる。とても還暦に近い者の動作とは思えない。

寒気に身が包まれる。

身支度をととのえ、外に出るとすでに明るくなっているが、日の出はまだだ。

奥の長屋の路地に入ると、気のせいではない、確かに路地全体が清潔になっている。正月を迎えるまであと半月のあいだ、住人たちは塵ひとつ落とさず、これを保とうと用心深く過ごす。これも江戸の町に見る風物詩の一つと言えようか。

　まだ誰も出ていない井戸端に桶を置き、水音を立てないように釣瓶で水を汲む。長屋にはまだ寝ている者もいるのだ。

　顔を洗っているところへ、竹五郎が部屋から七厘を抱えて出て来た。

「おや、杢さん。きょうも早いねえ」

「竹さんこそ」

「きょうは俺が火熾し当番だからよう。あゝ、眠い眠い」

と、火打石を鳴らし、熾した炭火を団扇で派手にあおぐ音で、およそ長屋の住人は起き出し、井戸端と路地にいつもの朝の喧騒が始まる。最初に出て来たのはおミネだった。

　杢之助はひと足さきに木戸番小屋に戻り、ひと息ついてから木戸を開けた。木戸の外にはすでに納豆売りや豆腐屋、しじみ売りなどが来て木戸の開くのを待っている。それが毎日ちょうど日の出のころだ。

「おうおう、きょうも稼いでいきねえ」

と、朝の棒手振たちが杢之助の声に迎えられて左門町の木戸を入り、一番手前で七厘の煙が充満しはじめた長屋の路地に入り、ゴホン、ゴホンと咳き込みながら触売の声を上げはじめる。朝の棒手振たちが触売の声を上げるのは、江戸中でいつも左門町が一番早いのかもしれない。

このあと、異変があった。

棒手振たちのいなくなった路地で、まだ朝の喧騒がつづいているうちである。

「木戸番さん、いなさるか」

と、木戸番小屋の腰高障子に人影が立った。

声で誰だか分かる。

（えっ、なぜ？）

杢之助は緊張し、急いですり切れ畳から三和土に下り、腰高障子を開けた。はたして栄屋のあるじ、藤兵衛だった。

「旦那！　いったい!?」

なにか急な事態でも出来し、小僧の平太が走り込んで来るか、それとも手代の佐市が来るのならまだ話も分かる。朝の店も開けていないというこんな早く、あるじの藤兵衛が直接来た。杢之助が驚くのも無理はない。杢之助が腰高障子を開けるなり藤兵衛は、人目をはばかるように、太り気味の身でするりと三和土に

入り、うしろ手で腰高障子を閉め、いつもの〝木戸番さん〟ではなく、

「杢之助さん」

と、名を言った。それも異常だ。木戸番人は町に雇用されている町の使い番で、栄屋藤兵衛はその費用を支えている町役の一人なのだ。

しかし、杢之助と藤兵衛の二人きりになったとき、〝木戸番〟ではなく名を呼んでも不思議ではないものがある。

藤兵衛は入り婿で、番頭だった。二人いた番頭のなかで、先代はずんぐりむっくりの藤兵衛を選んだ。ところが身代付きで乳母日傘に育ったご新造は、もう一人の優男のほうを好いていた。

先代が鬼籍に入ると新造の身持ちは悪くなり、あとさきを考えない浪費ぐせから栄屋の身代はかたむきはじめた。しかも優男の番頭とできてしまった。というより、以前からできていたのが、おもてになったのだ。

九年前になる。藤兵衛が思いあまり、秘かに相談した相手がいた。成果はすぐにあった。新造は遊びで遠出をすることがよくあり、その外出先で急病死し、優男の番頭は古着の買付けに遠出したまま行方不明となった。そこに闇走りをしたのが杢之助であり、秘かに助けたのが清次だった。

それから栄屋は持ち直し、四ツ谷左門町でも大店の位置を取り戻した。しかし藤兵衛の胸中には先代への申しわけなさが残り、爾来、後妻を入れないまま今日にいたり、悪夢の発端となった番頭の地位も空席のままにしている。その藤兵衛が早朝、周囲の目をはばかるように木戸番小屋に訪いを入れた。杢之助は緊張を覚えざるを得ない。

藤兵衛はすり切れ畳に腰を下ろし、杢之助のほうへ身をよじって語り始めた。きのう平太が清次に話した、売った古着を買い戻しに来た与太の件だった。品はありきたりの、木綿で袷の半纏だという。

「煤払いの最中でしたし、鄭重に事情を話すのなら私も考えないことはないのですが、あまりにも態度が横柄で、しかも脅迫めいたことまで口にするので腹が立ち、きょうは商いをしていないからと、頑として断りました」

男はそれでも高飛車にねばり、藤兵衛がなおも断りつづけると、男は哀願するように態度が豹変したという。そこで藤兵衛は折れ、あしたなら商いをしているからと話すと、

「——まだ売ったりしていないんでしょうなあ」

と、幾度も念を押し、帰ったという。

そのようすから、きょう朝一番に来ることだろう。

藤兵衛はつづけた。

「それできのうのうちにその半纏を用意しておきました。しかし、どう見てもさわっても由緒ある品ではありません。高飛車から哀願するように豹変した態度も気になり、けさ早くじっくりと半纏を調べてみました」

綿入れや袷などの場合、襟に一朱金や二朱金などが縫い込まれていることが、ときおりあるらしい。

「出てきました、襟から。これです」

藤兵衛がふところの紙入れから出したのは、金ではなかった。紙縒りのように巻き込んだ小さな紙切れだった。

開いた。

――拾弐拾参☀山ヤ
とある。

「はい。なんのことか分かりません。あの男が半纏を買い戻したいと言ってきたのは、これが原因だったのでは、と。なにやら悪事がからんでいるような……。それで杢之助さんに相談してみよう、と」

低い声で言いながら、藤兵衛は李之助の顔をのぞき込んだ。

李之助の心ノ臓は高鳴っている。かつて若いころ、東海道を中心とした飛脚だった。あるとき急な雨に降られ、状箱は濡れ、中の文まで湿らせてしまった。これでは顧客に申しわけないと、開いて天日で乾かせ、一軒ずつ謝ってまわった。そのなかに、世に知られた大盗賊がいた。中を見たと疑われ、殺されかかったが飛脚としての足腰の達者を買われ、仲間に引きずり込まれた。そこで頭角をあらわして副将格にまでなり、やがて配下の清次と組んで流血のなかにその大盗賊をこの世から消滅させたのだった。

盗賊時代、仲間とのつなぎは、いま見ている暗号のような文字を使っていた。

それを李之助は直感したのだ。

「藤兵衛さん、いけませんよ！」

李之助は紙片から顔を上げ、藤兵衛を見つめた。

「や、やはり、なにか悪事が」

「分かりやせん。いずれにしろ、まともな類じゃござんせんでしょう。ともかく関わりになっちゃいけやせん」

「どうすれば」

藤兵衛はさらに声を低め、上体をすり切れ畳の杢之助にかたむけた。

杢之助は急かすように早口で言った。

「早う、これを元どおりにまるめ、襟の場所も寸分たがわず、縫い目も元の糸を使い、ほどいたことが分からぬように縫い合わせるのです。その与太、きょう朝一番で来やしょう」

「わ、わかった」

藤兵衛は応えると腰を上げ、腰高障子を開けると外を窺うように首だけ出した。

その背に杢之助は、

「すべて寸分たがわず、元のままにですぞ」

念を押した。

「はい」

藤兵衛は返すと急ぐように敷居をまたぎ、腰高障子を閉めるのも忘れ、その姿は木戸番小屋の前から消えた。

「ふーっ」

すり切れ畳に胡坐を組んだまま、杢之助は大きく息をついた。

書付の紙片が、紙縒りになっていてよかった。もし細く折って、結びになっていたなら、その結び方もなんらかの符牒になっている場合がある。それを他の者が知らずにほどいてしまったなら、ふたたび結んでも元どおりにはならない。そこから、誰かが中を見たことが判ってしまうのだ。

あとは縫い方だが、古着屋ならほころびを縫ったり破れがあれば継ぎをあてたりする。藤兵衛なら小僧のときからそれには慣れているだろう。

胡坐を組んだまま、

（放っておけぬ）

思いが込み上げ、

「よし」

独りうなずいた。

四

ようやく長屋の喧騒が終わったようだ。

藤兵衛が木戸番小屋に来ていた時間は、ほんのわずかだった。

喧騒が終われば、出職の大工や左官たちが、弁当をふところに長屋から出て来る。実家に戻った庄吉が、もみじ屋へ向かうのもこの時分である。

長屋の大工と左官を見送ってから、杢之助は腰高障子のすき間から外を窺った。

来た。髷もとののい角帯をきちりと締め、どこから見てもまじめな商家の奉公人だが、うつむき加減で足取りはいかにも重そうだった。

声をかけようかと思ったが、

(仕事場のことじゃ、どうすることもできねえ)

と、目だけでその背を見送った。

それから一段落を経た六ツ半(およそ午前七時)ごろ、出職で出商いでもある鋳掛屋の松次郎と羅宇屋の竹五郎が、商売道具をそれぞれ肩と背に、

「おう、杢さん。行って来るぜ」

「きょうは近場だい」

と、木戸番小屋に声を入れ、街道のほうに向かった。

「待ちねえ」

杢之助は下駄をつっかけ、おもてに出て呼びとめた。

「近場ってどこだい」

「あゝ、塩町の長善寺のあたりだ。まえから頼まれててよ」

　松次郎が応え、天秤棒の紐をつかんでぶるると振った。

「あのあたりも煙草をやりなさる人がけっこうおいでだからなあ」

　と、竹五郎は背の道具箱を手で持ち上げ、羅宇竹にガチャリと音を立てた。

　二人の、仕事に出るときのいつもの仕草だ。

　杢之助は二人が四ツ谷伝馬町のほうをまわり、もみじ屋のようすを見て来ないかと期待したのだが、

「おう、そうかい。しっかり稼いで来ねえ」

　逆方向の塩町に向かう背に声を投げた。二人とも、おもての藤兵衛が木戸番小屋に来たことを話題にしなかった。仕事に出かけるときでもあろうが、栄屋の旦那が早朝に来たのなら不思議に思い、なにか訊くはずである。

　さらに一段落がついた朝五ツ（およそ午前八時）時分には、おミネが軽やかな下駄の音とともに出て来て、

「杢さん、きょうもお元気に」

　と、木戸番小屋に声を入れ、木戸を街道に出る。清次の居酒屋で早朝から軒端に出している縁台の仕事を志乃と交替するのだ。縁台で一杯三文のお茶を出しており、朝の早い荷馬や大八車の人足から重宝がられている。

「おう、儂（わし）もちょいと街道に出ようか」

と、束ねただけの洗い髪が揺れるおミネの背を追った。

おミネも藤兵衛のことはなにも訊かなかった。あさの喧騒のときであり、やはり誰も気づいていないようだった。それでいいのだ。

「あら、杢さんも。すぐお茶、出しますからね」

おミネはふり返り、木戸を出た。

木戸を街道に出ると、すでに軒端の縁台に三人ほどお店者（たなもの）風の男が座ってお茶を飲んでいた。旅に出る仲間を四ツ谷大木戸まで見送り、その帰りのようだ。そうした客にも、朝から縁台で出すお茶はよろこばれている。

杢之助がとなりの縁台に腰かけると、

「あら、杢さん。早いのですねえ」

と、志乃が湯飲みを載せた盆を手に暖簾から出て来た。

街道はとっくに一日が始まっており、きのう一日煤払いに専念していたのを取り戻すかのように、また年の瀬がいよいよ迫ったためか、三頭、四頭とつらなった荷馬に大八車が勢いよくすれ違い、往来人の足もどことなく速足（はやあし）である。それに朝五ツというこの時分は、往還の動きに両側の商舗から人が出て来て暖簾を掲

げる姿が重なるひとときである。となりの栄屋では、もう暖簾が出ていた。杢之助がおもての縁台に腰かけたのは、

（話の与太がきっと来るはず）

と、そやつの顔を確かめるためであった。

杢之助は志乃の盆から湯飲みを取り、すぐ視線を栄屋に戻した。

（えっ）

と、志乃はそのような杢之助に、目的があって縁台に座ったことを覚り、そのまま黙って暖簾の中に入った。

志乃やおミネから聞いたか、入れ代わるように清次が出て来た。前掛を締め片側たすきをかけている。もみじ屋では庄吉もこのような包丁人姿なのだろう。

縁台の杢之助は湯飲みを手にしたまま、栄屋のほうをあごでしゃくった。

「ふむ」

と、清次は立ったままうなずき、そのほうにちらと目をやったが、あるじの藤兵衛がさっき木戸番小屋に出向いたことを知らない。

だがすぐに、

「あっ」

低く声を上げた。四ツ谷御門の方角から往来人や大八車のあいだを、着物の裾をつまみ上げ足早に歩いて来る若い男……。

「やつです。きのうの与太」

「ふむ」

清次の低い声に、こんどは杢之助がかすかにうなずいた。

入った。栄屋へ、である。

杢之助はその顔を憶と見た。

「用意してあるだろうなあ」

声が聞こえた。

杢之助は顔を横に立っている清次に向け、小さく早口で言った。

「出て来たら尾ける。番小屋の留守居、頼む」

「へ、へい」

清次はすべては解らないまでも、古着の半纏に関し、なにやら事情のあることを覚った。木戸番小屋には、常に誰かがいなければならない。杢之助が不意に出かけるとき、清次に留守を頼むことがよくある。そのとき清次はいつもおミネを木戸番小屋に入れる。おミネはそこによろこびを感じているが、それができるのも居酒屋の切盛りを一切している志乃の配慮があるからだった。

さっき木戸番小屋から急ぎ帰った藤兵衛は、間に合ったようだ。

与太はすぐに出て来た。一度襟をほどいてまた縫ったことに、気づかなかったようだ。満足そうな表情で半纏を小脇に、すぐ近くに自分を見ている目のあることにも気づかず、来た四ツ谷御門の方向に足を向けた。すぐ足早になった。

「それじゃ」

杢之助は低声で言うと腰を上げ、清次は無言でうなずきを返し、その背を見送った。すぐ横の縁台でお茶を飲んでいる三人のお店者風は、大事な話題でも話しているのか、木戸番人と居酒屋の亭主の短いやりとりに、まったく無関心のようだった。

五

与太の背が、おなじ方向に向かっている荷馬の向こうに見える。遮蔽物ができ、尾けるのにかえってつごうがよい。

が、清次の居酒屋から十数歩も離れないうちだった。

「おっ。まずい」

杢之助は与太の背から視線をはずし、ぶらり散歩のように歩をゆるめた。清次も気づいたようだ。

前方から肩をいからせ、ことさら雪駄に音を立てて歩いて来る男……岡っ引の源造だった。与太が源造とすれ違った。遊び人のような風体を源造はじろりと一瞥したが、互いに面識はないようだ。

杢之助は迷った。盗賊とはまだ断じられないが、いずれご法度に背く類には違いない。源造に話し、与太を一緒に尾けるか……。ならば当然、尾けるにいたった経緯を話さなければならない。栄屋が巻き込まれないように工夫したのが、まったく無駄になってしまう。藤兵衛もかつての件から、町役をしているものの奉行所の役人と関わりを持つのをことさら嫌っている身なのだ。

源造の塒は、四ツ谷伝馬町の手前の脇道を、街道から左手の南方向に入った御簞笥町にあり、女房どのが小振りな小間物屋の暖簾を出している。伝馬町とはおなじ四ツ谷御門前の界隈である。

源造も杢之助に気づいたようだ。

「おぉう」

手を上げ、速足になった。

近づいた。

「おうバンモク、いいところで会ったぜ」

と、源造のぎょろ目に太い眉毛がひくひくと動いている。

「これは源造さん。どうしたい、こんなに早く」

と、杢之助は立ちどまったが源造は、

「ここじゃなんだ。番小屋で話そう」

と、そのまま歩をとめず、杢之助の背後へあごをしゃくった。もう杢之助は与太の尾行をあきらめざるを得ない。清次が店の前に立って見ているが、源造の目の前で尾行を交替するわけにもいかない。

杢之助は仕方なくきびすを返し、

「朝の散歩の途中だぜ」

「だから行き違いにならず、いいところで会ったと言ってるんだ。つべこべ言わずついて来い」

と、源造はそのまま歩を進め、杢之助は仕方なく肩をならべた。源造はなにやら大事な話があって来たようだ。

また清次の居酒屋の前である。清次が立っている。

「これは源造親分、早くから見まわりとはご苦労さんですねえ」

きわめて自然に声をかけた。

「おや、清次旦那も出ておいででやしたかい。俺はちょいと左門町の木戸番小屋へ野暮用でさあ」

「おかげで朝の散歩がふいになっちまいやしたよ」

源造が清次に返したのへ、杢之助は歩を進めながら、さっきとは違った口調でつないだ。清次はそれを自然に受け、

「それは木戸番さんも、ご苦労さんなことで」

と、返した。

源造は単に、清次の居酒屋と木戸番小屋が背中合わせになっているくらいの認識しかない。二人の以前など、まったく気づいていない。他人の前では杢之助も清次も、あくまでおもての旦那と木戸番人との関係に徹しているのだ。

通り過ぎる刹那、杢之助は清次に視線を合わせ、かすかに首を横にふった。

(追うな)

との合図だ。いまならまだ間に合う。清次が気を利かせてさっきの与太を追っ

たなら、結局関わりをつくってしまうことになる。それに、バンモクとおもての清次が、

（なにやらつながりが？）

源造に疑問を持たせることにもなりかねない。杢之助にとっては、絶対に避けなければならないことである。

左門町の木戸を入り、

「さあ、なんの用意もねえが」

「なにが用意だ。ここはいつ来ても、お茶一杯（いっぺえ）出したためしはねえぜ」

腰高障子を音とともに開け、言いながら三和土に入った杢之助に源造は悪態をつきながらつづき、

「それになんでえ、いつもの炭火はどうしたい。寒々（さむざむ）としてやがるじゃねえか」

いつものように自分で腰高障子を閉め、すり切れ畳に腰を投げ下ろした。

杢之助の木戸番小屋では荒物のほか、冬場は焼き芋も売っている。いつもなら七厘に炭火が赤く熾っていて部屋の中はあたたかいのだが、きょうは早朝に藤兵衛が来るなどでまだその用意をしていなかった。

「贅沢（ぜいたく）言うねえ。吹きさらしの外よりはましだぜ」

「こきやがれ」

言いながらすり切れ畳に上がり胡坐を組んだ杢之助に、源造はいつものように片足をもう片方の膝に乗せ、

「ま、きょうは御用の話で来たんだ。部屋が冷えているのは勘弁してやらあ」

「そりゃあすまねえなあ。で、どんな」

上体を中のほうにねじったのへ、杢之助は聞く姿勢をとった。

源造は冒頭から言った。

「伝馬町一丁目のもみじ屋、知っているだろう」

「あゝ、お濠端の角の料理屋だろう」

杢之助は返し、つぎの言葉を待った。心ノ臓がいくらか高鳴った。

「あそこの若え包丁人で庄吉ってえのがいるが、左門町の住人だったなあ」

「あゝ、いるぜ。醤油屋のおとなしい息子だ。その庄どんがどうかしたかい」

杢之助の動機は激しくなった。

(庄吉が、事件に巻き込まれている?)

懸念が込み上げてきたのだ。

源造は質した。

「聞けば実家から通っているそうだが、最近、ここ二、三日だ。いつもと違ったようすはないかい。また、そういううわさは聞かねえかい」

杢之助は迷った。

（話すべきかどうか……）

腰高障子に人影が立った。

「あたし、ミネです。源造親分にお茶を」

声とともに腰高障子が音を立てて開いた。二人分の湯飲みと急須を盆に載せている。清次に言われ、ようすを見に来たようだ。

杢之助は決した。木戸番小屋で黙っていても、源造が左門町の通りに聞き込みを入れれば判ることだ。

三和土に入るなりおミネは、

「あら、七厘の火、まだだったの。どおりで寒い。すぐ火を入れて持って来ますから」

「おう、それはありがたいぜ」

言ったのは源造だった。

すり切れ畳の上に盆を置き、急須から湯飲みに熱い茶を淹れ、腰をかがめて七

厘を持とうとするおミネに、

「あゝ、ちょいとおミネさん」

　李之助は声をかけ、

「ん、なんですか」

　おミネは腰を伸ばし、ふり返った。

「きのうの庄吉どんのようすを、源造親分に話してくれねえか。それを源造さんは訊きに来なすったのだ」

「えっ、庄吉さん？　もみじ屋の？　やっぱりなにかあったんだ」

と、話しはじめた。きのう、最初に庄吉の異常に気づいたのはおミネだ。李之助に言われたせいもあるのか、おミネはなんの躊躇もなく話しはじめた。それでよいのだ。源造に、木戸になにか隠し事があると思わせてはならないのだ。

　きのうの庄吉のようすを聞き終えた源造は、

「やはりそういうようすだったかい」

　と、得心したように太い眉毛をひくひくと動かし、

「ちょっと待ってくださいね。すぐ七厘に火を入れて来ますから」

　と、七厘をかかえて出ようとするおミネに、

「それには及ばねえ。俺はもう帰るから」

言うと膝に上げていた足を下ろした。源造は七厘を自分のためと勘違いしているようだ。

「いえ。杢さんはまだここにずっといますから」

言って外に出たおミネへつづくように、

「ま、そうだろうが」

と、源造は腰を上げた。

「おっと源造さん、それはねえぜ」

杢之助は呼びとめ、

「聞くだけ聞いて帰るたあ冷てえじゃねえか。なんで庄どんのことを訊きにわざわざ来なすったよ。左門町の住人のことだ。話してもらわねえじゃ困るぜ」

「おう、そうだったなあ」

源造はふたたび腰をすり切れ畳に下ろし、足をもう一方の膝に乗せなおした。

街道おもての居酒屋では、おミネからようすを聞いた清次が、

「なんだね、それは」

と、首をかしげていた。清次がいま厄介事として認識しているのは、となりの

栄屋に来た与太の件だけである。だが〝拾弐拾参☀山ヤ〟の紙切れのことは、まだ杢之助から聞いていない。

おミネは七厘に炭火を入れながら、清次にきのうの庄吉の話をした。

「それを源造さんがなんでわざわざ左門町まで？」

と、清次はいっそう首をかしげた。

木戸番小屋では、源造が話を進めていた。

源造の塒がある御箪笥町ともみじ屋の伝馬町一丁目は、ほとんどとなり町であり、町のうわさを聞いたという。

「もみじ屋を強請(ゆす)っている野郎がいるらしいのよ。なんでも座敷で出している料理に不手際があったらしい。それを料(りょ)ったのが若(わけ)え包丁人というから、あそこで若えのといやあ庄吉しかいねえ。それで庄吉になにか変ったようすはねえか、おめえに訊きに来たって寸法よ。そうか、やっぱりなにかあったのだな」

話すと、源造はまた足を片方の膝から下ろした。

「待ちねえよ」

杢之助はさらに引きとめた。左門町の住人のことである。

「うわさに聞いたのなら、あそこはあんたの塒とは目と鼻の先じゃねえか。なんで直接行って訊かねえ」

「馬鹿だなあ、おめえは」

と、源造はふたたび足を片方の膝に乗せた。

「料理屋が料理に不手際があって強請られているんだぜ。それを自分からおもてにするはずなかろうが。それもかわら版にしてばらまくぞってなあ」

「かわら版にして？　どういうことだい」

杢之助の問いに、源造は上体を杢之助のほうへさらにねじり、太い眉毛をびくりと動かし、話をつづけた。

「そもそもこの話は、義助と利吉が持って来たのよ。知っているだろう、あいつらの以前をよう。ガキのくせして与太っていやがって、それを俺が拾い上げてやったってのを」

「あゝ、あんたから聞いて知っているさ」

杢之助は返した。

義助と利吉は、愚にもつかないうわさ話のかわら版をつくってひと儲けしようとして源造に痛めつけられ、それが縁で源造の下っ引になったのだった。二人とも源造のすぐ近くの炭屋と干物屋のせがれで、遊びほうけている息子を意見してくれた、と炭屋でも干物屋でもよろこんでいるという。

その義助と利吉に、以前のお仲間からつなぎがあったという。

「——もみじ屋を強請る種を仕込んだから、おめえらもひと口乗れ。かわら版を用意してそれを全部もみじ屋に買わせるってえ算段だ。おめえら、かわら版の手配なら知っているだろう」

と、昔のお仲間は言ったという。

「そいつら、義助と利吉がいま俺の下っ引になっているとも知らねえでよ。その頓馬は五郎太に三郎左って兄弟みてえな名らしい。俺はまだそいつらの面を知らねえが、こんどその与太どもから義助と利吉につなぎがありゃあ、八丁堀の旦那にお出ましを願うまでもねえ。おれが出張ってふん捕まえ、一件落着ってえことになるが、そのめえにそいつらが、確実にもみじ屋を強請っているってえ手証が欲しかったのよ。二人がいまどこに住んでいやがるか、義助も利吉も知らねえのよ。そうそう、おめえ、今夜にでも醤油屋に行って、庄吉から詳しい話を聞き出しておいてくんねえ」

「あの醤油屋ならよく知っているが、庄どんは通いには違えねえが、毎日帰って来るわけじゃねえぜ。ま、おやじさんやおふくろさんには、なにか話しているかもしれねえ。きょうにでも行って訊いてみようじゃねえか」

　実際、杢之助はその気になっていた。左門町の住人が事件に巻き込まれようとしているのを、放っておくわけにはいかない。なんとか事前に防ぎ、たとえ事情聞き取りだけであっても。左門町に役人が入ることだけは防がねばならない。

「ほっ、そうしてくれるかい。おめえが合力してくれりゃあ心強えぜ」

　源造は眉毛をひくひくと動かし、足を元に戻し、

「市ケ谷（いちがや）の八幡町じゃ、木綿の半纏一着が置き引きされたってえ吝（けち）な事件があったというし、まったくやっちゃおれねえぜ、この年の瀬によう」

　言いながら源造は腰を上げた。

「えっ、半纏？」

　杢之助は思わず声を上げた。

「なんでえ。おめえ、半纏の置き引きに心当たりでもあるのかい」

「いや。松つぁんや竹さんたちが、いつも半纏だからよ」

　杢之助はうまく言いつくろい、

「で、半纏が置き引きされたって、どんな頓馬な野郎なんだい。したやつはもう捕まったのかい」

李之助の脳裡には、さっき尾けようとした与太の顔が浮かんでいた。

源造は三和土に立ち、帰りかけた足をとめた。

「知らねえ。なんでも市ケ谷八幡町の茶店で四、五日前のことらしい。そこの茶汲み女たちが言っていたのよ。すこし騒ぎになったっていうから、絹で織った上物かと思ったらただの木綿のありきたりじゃねえか。狙うやつも吝なら、茶店の縁台で持って行かれるやつも、おめえも言ったみてえに頓馬な野郎さ。絹の上物なら界隈の古着屋か質屋にあたって、持ち込まれていないか調べもするが、木綿のありきたりじゃなあ。それに、自身番に被害も出されていねえ。恥をさらしたくなかったのだろうよ。まったく、この忙しいときによ、あははは」

源造は笑いとばし、

「ま、庄吉の件は、よろしゅう頼むぜ」

と、太い眉毛をひくひくさせ、きびすを返し敷居を外にまたいだ。

「あゝ、まただ」

李之助はつぶやき、三和土に下りようとした。源造は部屋に入ったときは寒いものだから自分で腰高障子を閉めるが、帰るときはいつも開けっ放しで行ってしまう。その源造の雪駄の音がまだ聞こえているなかに、

「あら、源造親分。もうお帰りですか」

おミネの声が重なった。炭火だけではなく、清次に庄吉の話もしていて時間を取ってしまったようだ。

「なんでえ、いまごろ。だから言ったろう、すぐ帰るからってよ」

「それはそれは、失礼いたしました」

源造のだみ声におミネのすこし皮肉を込めた声がつづき、木戸番小屋にようやく七厘の火が入った。

このあとすぐ戻って来たおミネと入れ替わるように、清次は木戸番小屋に行こうとして街道から木戸を入ったところで足をとめた。聞こえてきたのだ。あのけたたましい下駄の音、左門町の通りの中ほどにある、一膳飯屋の小太りのかみさんである。

杢之助も、

「そりゃ来た」

と、その下駄の響きを聞いていた。

一膳飯屋のかみさんは、おミネが閉めて行った腰高障子を勢いよく開け、

「杢さん、杢さん。さっき源造さんが来てたよねえ」

と、三和土に立つなり、

「こんな早い時分に来るなんて、尋常じゃないよ。ねえ、なにがあったのさあ」

かみさんのまくし立てる声のなかに、杢之助の脳裡はめぐった。

かみさんの一膳飯屋と庄吉の実家の醤油屋は、湯屋をはさんだおとなりさん同士のようなもので、しかも一膳飯屋と醤油屋である。日ごろのつき合いにも深いものがある。わざわざ行かなくても、

（このかみさんに訊けば、判ることがあるかもしれない）

しかし、源造が帰りしな洩らした半纏の件がある。事態はどうころがるか分からない。

（危ねえ）

杢之助は判断し、

「あはは、どうってことないさ。きのうの煤払いで、自分の縄張の町々がどんなにさっぱりしたか、朝早くから見てまわっているだけで、ついでにここへもぶらりと立ち寄っただけさ」

「なあんだ、そんなこと。誰も源造さんに見てもらうために煤払いしたわけじゃないのにねえ。あの親分、いい気なもんさね」

と、かみさんは信じ、すぐ帰るかと思ったら、三和土に立ったまま後ろ手で腰高障子を閉め、あちこちの家々の煤払いのようすを話しはじめた。醤油屋は近すぎるのか、逆に話題には出てこなかった。

外で清次はしばらくようすを窺っていたが、あのかみさんが町のうわさ話をはじめたら、もう止まらないのは町内の誰もが知っている。それにどんなうわさ話でもひとたびこのかみさんの耳に入れば、左門町はおろかとなりの忍原横丁から向かいの麦ヤ横丁までたちどころに広まってしまう。

（あとでまた来ようか）

清次はあきらめて帰った。そろそろ昼の仕込みにかからねばならない時分でもあった。

どこそこの家でねずみの巣を見つけて駆除したとか、どこの塀の脇にねこの死骸があったとか、ひとしきり話したあと、

「おかみさん、あんたとこもそろそろ昼の仕込みに入らなきゃならねえのじゃないかね。おもての清次旦那など、もう包丁握っている時分だぜ」

「あっ、いけない。もうそんな時分になってたんだ」

杢之助が話をさえぎったのへ、かみさんはあわてて腰高障子のすき間から外を

見て、

「それじゃ杢さん、こんど源造さんが来たら教えておくれよ。きっとだよ」

敷居を外にまたぎ、源造と違って腰高障子をきちりと閉めた。

下駄の音が遠ざかった。

「ふーっ」

また杢之助は大きく息をついた。

同時に、

(そうだ。四、五日前といやあ、松つぁんと竹さんが市ケ谷八幡のほうをまわっていたはずだ)

と、松次郎と竹五郎が言っていたのを思い起こした。

六

まだ飲食の店に、昼の書き入れ時がつづいている。杢之助は火の入った七厘を奥の長屋の大工のおかみさんに預けた。木戸番小屋をわずかでも留守にするとき、火の入った七厘を置いたままにしておくことはできない。火の用心が、木戸番人の仕事なのだ。それにこの時分に通りへ出たのは、書き入れ時に一膳飯屋の前を通っても、かみさんに気づかれないだろうとの算段からである。

気づかれなかった。杢之助の足は湯屋の前を過ぎ、醤油屋に入った。

きのうときょうの朝、庄吉が木戸番小屋の前を通るのを見かけ、いつもと違って元気がなかったが、

「どうしたのか心配で、来てみましたのじゃ」

杢之助が言うと、おかみさんもあるじも、

「きょうにでも杢さんに、相談に行こうかと思っていたのだ」

と、杢之助のほうから来てくれたのをよろこんだ。だが二人とも、顔は深刻だった。

庄吉は昨夜、両親に話し、泣いたという。

幾日か前、若い遊び人風の客が二人で座敷に上がり、膳が出てから女将を大声で部屋に呼び、

「――こんなわけの分からねえ吸い物を出すたあ、俺たちを金がねえ味も分からねえ若造だと馬鹿にしてやがるのか！」

と、騒ぎ出したという。女将が吸い物の椀を見ると香りがいつもと違い、はて

と思って口をつけると、すっぱかった。

女将は驚き、騒ぐ二人をなだめ、ご内聞にといくらか包み、その日はお引き取り願った。さっそく亭主の市兵衛と原因を調べた。吸い物は、庄吉が調理したものだった。他のお客に出した吸い物は、いつものもみじ屋の味と香りだった。庄吉はお客がわざと酢を持って来て入れたに違いないと主張し、亭主で包丁人頭でもある市兵衛も、それしか考えられないと断定した。

ところが数日後、その遊び人風二人がまた来て、

「――愚弄され、はした金で追い帰されたのでは、やはり腹の虫が収まらねえ。このことをかわら版にして世間さまに知ってもらうことにするぜ」

と凄んだのである。

かわら版などというものは、狐に人が化かされたとか、巨大なイカが現われて船をひっくり返したとか、暇人が集まって文面を考え、彫師と摺師に発注し、百部ほど摺って町で売り歩くといったものである。実際には山中で迷った人がいたのか、クジラにぶつかった船があったのかもしれない。

それなら愛嬌がある。ところが悪党が標的にした相手を中傷するかわら版をつくり、摺ったすべてを法外な値で買い取らせるという強請もある。

料理屋などでは、味に関してこれをやられたのではたまらない。おもてになるまえに内々に済ませる場合がある。もみじ屋への脅迫は、その典型のようだ。もちろん亭主の市兵衛も女将も突っぱねた。

遊び人風はあきらめず、幾度も来た。こうなれば、兄弟子の包丁人や仲居のなかで、庄吉の調理加減を疑う者が出はじめた。

「それを庄吉は泣きながら、わたしらに話すのです」

きのうの庄吉は、その災難を親に訴えるために帰って来たのかもしれない。

杢之助は言った。脳裡では、木綿の半纏ともみじ屋の件はまったく別問題で、源造もみじ屋の件は自分が解決すると意気込んでいる。名も五郎太に三郎左とすでに分かっており、あとは義助たちへのつなぎを待つだけなのだ。

「よう話してくれやした。源造さんとも相談し、穏便に解決して庄吉どんがもみじ屋さんでこれからも気分よく働けるよう、やってみようじゃありやせんか」

「ほんとうに！」

「できますので！」

おやじさんとおふくろさんは、左右から杢之助の手を取った。

杢之助はうなずき、おもてに出た。昼の書き入れ時はまだつづいており、

「やあ、杢さん。午の散歩かね」

と、町内の隠居に声をかけられても、一膳飯屋のかみさんに見られることはなかった。

音がしない杢之助の足は、木戸番小屋奥の長屋に入った。

長屋で大工のおかみさんに、もうしばらく七厘を預かってくれるよう頼むと、おかみさんは番小屋の炭火で暖がとれるのでよろこんでいた。

足はそのまま木戸を出て清次の居酒屋に入った。昼は一膳飯屋とおなじで混んでいる。奥の板場に顔を入れ、

「ちょいと御簞笥町へ」

声をかけ、街道に出た。

「えっ」

と、清次はまな板から顔を上げ、その表情が、

(早く事態を知らせてくだせえ)

語っていた。

街道に出ると往来人とともに大八車や荷馬の行き来もあり、下駄に音が立たなくても気にしなくてすむ。無理に音を立てようとするとぎこちない歩き方になり、

かえって目立つのだ。それにしてもきょうは、藤兵衛が木戸番小屋に顔を見せて以来、なんとも忙しい一日になっている。その忙しさは、まだつづいている。

御箪笥町の小振りな小間物屋の暖簾をくぐると、

「あら、左門町の杢之助さん。源造がいつもお世話になって、ほんとすいませんですねえ」

と、女房どのが愛想よく迎える。源造の評判がこの界隈で悪くないのは、多分に色町上がりで愛想のよいこの女房どののおかげでもある。

店場での声が聞こえたか、

「おう、バンモクじゃねえか。上がれや」

と、奥の居間からだみ声が飛んできた。

小さな裏庭に面した居間で、これまでも幾度か杢之助は源造と話している。

「ほっ、そうかい」

と、杢之助が醤油屋で聞いた話をすると、源造の太い眉毛が大きく上下し、

「五郎太に三郎左たらぬかす与太ども、小賢(こざか)しいことを。こりゃあきっと義助と利吉につなぎを取って来るぞ。押さえるときゃ、二人とも腕の一本もへし折ってから八丁堀の旦那に引き渡してやろうかい」

と、また眉毛を動かした。源造なら実際にやりかねない。あの庄吉のしょげかえった姿に、泣いて親に語った姿を思えば、杢之助もつい言った。

「そうしてやんねえ」

「ほうほう。おめえがそう言ってくれりゃあ、俺は絶対やってやるぜ。こいつあ思ったより早くかたがつきそうだ。おめえにも礼を言うぜ」

と、源造はすでに一件落着したような言い方になり、帰りには女房どのだけでなく、源造も店の外まで出て杢之助を見送った。

清次が、

「やあ、木戸番さん。いつもこの部屋はあったかくていいねえ」

「へえ、おかげさまで」

と、音を立てて木戸番小屋の腰高障子を開けたのは、杢之助が御簞笥町から帰り、ひと息ついてからだった。昼間、外で話をするときは、二人ともあくまで木戸番人とおもての居酒屋の亭主の関係である。いまも腰高障子の前に立った清次の背後を、町内のおかみさんが通りかけ、

「あら、清次旦那。また木戸番小屋で油でも売りなさるか」

声をかけてきたのへ清次は、

「あゝ、木戸番さん相手に、ちょいと息抜きをね」

と、応えたものである。

中に入り、また音を立てて腰高障子を閉めると、

「説明してくだせえ。コトのながれがどうもつかめやせん」

と、売り物の荒物を手で押しのけてすり切れ畳に腰を据え、杢之助のほうへ身をねじった。

「きょうはまったく忙しのうて、話す機会もなかったからなあ」

杢之助は早朝の藤兵衛の訪れから源造との話、醤油屋に行ったあと御箪笥町でまた源造と話し込んだことまで、順を追って話した。

清次は途中に幾度もうなずきを入れ、聞き終えると、

「なるほど、半纏ともみじ屋の二つの事件が重なったわけでやすね。そりゃあ忙しいはずで」

と、やはり二つをたまたま重なった別種の事件と解釈し、

「もみじ屋さんの件は、もう源造さんに任せておけば、庄吉どんも元気を取り戻し、その件で奉行所の同心が左門町に入って来ることもござんせんでしょう。そ

れよりもあっしは、半纏の襟から出てきた紙切れのほうが気になりやすぜ」

「儂もそう思う」

　李之助は返したが、そこに書いてあった内容はまだ話していない。いずれ判じ物であろうから、聞くだけではなく紙に書き写したものを、じっくり見ながら考えなければ解明できないだろう。広げているとき、木戸番小屋には、いつ誰が荒物や焼き芋を買いに来るか分からない。町内の住人に、腰高障子が不意に開けばあわてて隠さなければならない。町内の住人に、李之助と清次がそろって狼狽する姿を見せることになり、そこになにがしかの不審が芽生えてはならない。李之助と清次がこれまで、最も気を遣ってきたところである。

「あとで来るとき、墨と紙を持って来ねえ」

　李之助は言い、

「栄屋さんに持ち込まれたその半纏が、市ケ谷八幡町の茶店で置き引きに遭った可能性は捨てきれねえ。松つぁんと竹さんが見ているかもしれねえから、きょうこのあと訊いておくよ。解明の糸口でもつかめりゃあいいのだが」

「なんだか、怖い感じがいたしやすねえ」

「おめえもかい。儂もだぜ」

杢之助と清次は声を低めた。やはり昼間では、落ち着いて話はできない。

いまも不意に腰高障子が音を立て、

「あら、おもての清次旦那、来てらしたのですか」

と、町内のおかみさんが荒物を買いに来た。


松次郎と竹五郎が戻って来たのは、陽が西の空に大きくかたむいた時分だった。竹五郎の背負っている縦長の道具箱は、歩調に合わせて羅宇竹がカチャカチャと音を立てるので、街道から木戸に入って来ただけですぐ分かる。

仕事から帰ると、まず杢之助の木戸番小屋できょう一日の町のうわさ話などをし、ひと休みしてから残り湯にならないうちに湯屋へ行くのが、二人の日課のようになっている。

「おう、帰ったぜ」

と、角顔の松次郎が腰高障子に音を立て、すり切れ畳に腰を下ろしてから、丸顔の竹五郎が、

「あゝ、疲れた」

と、敷居をまたぐのが常である。

松次郎の鋳掛道具は天秤棒で担いでいるので肩からひょいと降ろすだけだが、竹五郎は背中に背負っている道具箱を背からはずすのだから、動作がいつも松次郎よりひと呼吸遅れる。

「おぉう、帰ったか、帰ったか」

と、杢之助は目を細め、竹五郎がすり切れ畳に腰を下ろすのを待つように、

「四、五日前らしいが、市ケ谷の八幡町で置き引きがあったんだって？」

と、きょうは珍しく杢之助のほうから問いかけた。

即座に松次郎が、

「え、四、五日前？　ああ、あったあった。大騒ぎでよ、茶汲み女たちは知らねえ知らねえで、人だかりまでできてやがったなあ。聞けば安物の半纏一枚ってんだからお笑いじゃねえか」

と、あったことは確かなようだが、二人とも現場に居合わせたわけではなさそうだ。腰を据えたばかりの竹五郎が、

「ほれ、松つぁんはいつもそうだ。それじゃ杢さんによく分からねえだろうが」

「てやんでえ。だったらおめえが話せよ」

と、松次郎がふてくされ、竹五郎があらためて話すのもいつものことだった。

それによると、若い二人の男が茶店の縁台に座っており、その横にまた男が一人、腰を据え半纏を脱ぎ、裏手の雪隠に立ったという。戻って来たら男二人と半纏が消えており、そこで騒ぎになったらしい。そこへ松次郎と竹五郎が通りかかったのだった。

被害に遭ったのは、お店者とも遊び人ともつかない、みょうな感じの男だったらしい。

「そいつは茶汲み女たちへ、しきりにいなくなった若い男二人の風体を訊いていたが、二人ともちんぴら風で嫌な感じだったって、茶汲みの姐さんたちは言ってたよ。とはいっても、そいつらの消えた方向など見ちゃいねえ。持ち去られた男はその場からいずれかへ駈け出して行って、それで終わりさ」

「それがよれよれの半纏一枚ってんだから、どっちもどっちさ。おう、竹。残り湯にならねえうちに行こうぜ」

竹五郎の話へ松次郎が締めくくるように言って、腹当の口袋から手拭を引っぱり出し、ひょいと肩にかけた。

「おう」

と、竹五郎もおなじ仕草でつづき、敷居をまたぐ二人の背を、

「まだ影が地面に落ちてらあ。間に合うぜ」

李之助は見送り、竹五郎が外から腰高障子を閉めると、

(まさか……とは思うが)

胸中につぶやき、一瞬、心ノ臓が強く打ったのを覚えた。

竹五郎が茶汲み女の言葉として言った〝ちんぴら風で嫌な感じ〟……あてはまるではないか。李之助も慥と面を見た、栄屋に木綿の半纏を引取りに来た男に……である。

半纏の襟から出てきた紙切れ、書いてあった判じ物のような文字、李之助は幾度も脳裡に思い浮かべ、すでに意味を解いている。だからいっそう、心ノ臓が高鳴るのだった。

七

陽はとっくに落ち、左門町に人通りは絶えている。

きょう、庄吉は帰って来なかった。きのうの煤払いの日に帰って来たのは、やはり苦境を親に訴えたかったからかもしれない。

五ツ（およそ午後八時）近くになった。清次の居酒屋も客が絶えるころだ。きのう清次が木戸番小屋から帰ったのはこの時分だった。

軽やかな下駄の音が聞こえ、腰高障子に提灯の灯りが映った。

「杢さん」

声とともに腰高障子が音を立て、開けたすき間からおミネの顔がのぞき、

「お休み。またあした」

「あゝ、きようもご苦労さん」

杢之助は返し、おミネはまた腰高障子を閉める。ただそれだけのことで、おミネは帰りにはかならず木戸番小屋に顔を入れる。雨の日も雪の日も、これまで欠かしたことはない。下駄の音が、長屋のほうに遠ざかる。

（すまねえ、おミネさん）

杢之助が胸中に念じるのも、またいつものことだった。

ふたたび腰高障子の外に気配が立った。

「入りねえ」

杢之助は待っていたように、低く声を投げた。

腰高障子が開いた。音がしない。夜更けてから清次が訪れたとき、いつもそう

である。きょうは熱燗の入ったチロリと、昼間李之助の言った筆と墨、半紙一枚だが紙も手にしている。

すり切れ畳の上で、二人は差し向かいになった。部屋の中は、油皿に頼りなく燃える灯芯一本の灯りのみである。暗い空洞になった外には、かすかに風の音が聞こえる。

清次はすり切れ畳に上がり、熱燗を李之助の湯飲みにそそぎながら言った。

「今宵は志乃に、肴はいらねえからと言っておきやした」

途中で話が中断しないようにだ。昼間およその話は聞いているので、清次の関心事は、あの一点にある。判じ物のような書付の内容である。

「ふむ」

李之助はうなずき、最初に松次郎と竹五郎が市ケ谷八幡町で、置き引き騒ぎの一端を見た話からはじめた。

清次はいくらかいらいらしたようすで聞き、李之助が話し終えると、

「これを」

と、筆と半紙を膝の前に出した。

「ほう、こんな大きな紙はいらねえぜ。一行だけだからなあ」

と、杢之助はゆっくりと筆を取り、ひと口熱燗をのどに流してから半紙の隅に書きはじめた。達筆ではないが、線が踊ったような金釘流（かなくぎりゅう）でもない。

清次がその筆先を見つめている。

書き終った。

――拾弐拾参☀山ヤ
「これだけで？」

清次は首をかしげた。

「そうだ。手に取ってよく見ろ。その上の四文字は〝十二十三〟だ。判じ物などと考えず、単なる知らせの文面と思ってみろ」

杢之助に言われ、清次はあらためて油皿の灯りに紙面をかざし、

「十二十三……あっ、十二月十三日」

「そうだ。白雲（しらくも）一味を名乗っていたころに戻れ、清次。もしそのころ、儂がおめえにこの文（ふみ）を届けたなら、おめえ、判らねえはずはねえだろう」

また言われ、清次はふたたび文面を凝視し、

「あっ、☀は晴れ、雨でなければ〝山ヤ〟へ押し込む……ならばこの文は！」

「そうよ。盗賊の仲間へのつなぎと解釈すりゃあ、簡単に解けらあ。襟に縫い込

むなど、ご大層なまねをしてやがったから、逆に儂もそこに惑わされたのよ」

「あっ、あります。〝山ヤ〟、簞笥裏の伊賀町に、山屋という質屋が。闇の金貸しもしているといううわさの」

油皿の炎が揺れた。四ツ谷界隈に伊賀町という名の町は、数カ所点在している。江戸開府のころ、家康がこの近辺に伊賀者を配置して江戸城西手の護りとし、伊賀者が多く住みついていたころの名残りである。

これら伊賀町のなかで、源造の塒がある御簞笥町の北どなりの伊賀町を、土地の者は他の伊賀町と区別して〝簞笥裏の伊賀町〟と呼んでいる。北側と西側が武家地に面して町場では隅っこに位置し、人通りもすくなく質屋の立地には適している。

そこに、確かに〝山屋〟という質屋があり、麦ヤ横丁にある金兵衛の質屋と見かけは大差ないが、裏でけっこうあくどい金貸しをしていて、家の中には千両箱がうなっているとのうわさが、まことしやかにささやかれている。だから杢之助も清次も、その名を知っていたのだ。

「ですが杢之助さん。十二月十三日といえば、きのうですぜ」

「そうだ。その泥棒たちはきのう押し込む算段だった。ところがつなぎ文を縫い込んだ半纏が置き引きに遭った。お盗めは中止だ」

「ならば、つぎはいつ」

「おめえならどうする」

「藤兵衛旦那は杢之助さんの指示どおり、半纏にこいつを元どおりにして返しなすった。ということは、やつら、それが人目には触れていねえと思いやしょう」

「そうだ」

「だったらあっしなら、そう日延べはしやせん。延ばしても、せいぜい年内」

「儂もそうするぜ。人の手配もあることだしなあ。大事なつなぎ文をなくすような頓馬がいたり、密書気取りで襟に縫い込んだりするようなやつらだ。大盗じゃねえ。せいぜい四、五人といったところだろうよ」

「おそらく。で、ど、どうしやす」

清次は焦ったように杢之助を見つめた。

油皿の炎がまた揺れた。

「やらせちゃならねえ。だが難しい、儂らだけじゃなあ。源造さんをうまく使うとしたら、栄屋さんに半纏が持ち込まれ、儂がその文面を見た話をしなさきゃならねえ。そうしなきゃ、源造さんは納得するめえよ。これも難しい相談だ」

「まったくで。それに、あっ、杢之助さん」

「なんでえ」

「さっき聞いた、松つぁんと竹さんの話、そのときの置き引きの一人が、きょう朝早くに栄屋さんとこに来た与太……」

「そうよ。いまごろ気がついたかい」

「へえ。つい興奮しやして」

「だろうよ。儂も興奮しているのよ。茶汲み女たちの言った置き引きの人相ってのが、きょう儂らが見たのにあてはまらあ。どうでえ、もう取り越し苦労だの考え過ぎだのとは言わせねえぜ」

「言いやせん」

清次は興奮というより、緊張している。

杢之助は半紙を破り、文字の部分を油皿の炎で燃やしながら、

「置き引きされた遊び人かお店者か判らねえみょうな野郎が、その頓馬な泥棒の一味よ。やつらは置き引きの二人をほんの二、三日で見つけ出し、さんざんに痛めつけ、取り戻さねえと命はねえぞと脅したのだろうよ。だから面に殴られた痕を残したまま、栄屋さんにきのうきょうとやって来やがった」

「おそらく。そう推測すりゃあ、なにもかも辻褄が合いまさあ」

「それにしてもきょう、みょうなところで源造さんに会わなきゃ、やつらの居どころを突きとめられたかもしれねえ」

「あっしも、いまそれを思っていやした」

「ま、去ったことを悔やんでも仕方がねえ。ともかく清次よ。これは儂がなんとか按配すらあ。おめえはあくまで、となりの居酒屋の亭主でいろい」

「そんなこと」

「ふふふ。おめえが居酒屋の亭主で、どんと控えていてくれるから、儂は心置きなく動けるのよ。それを忘れてもらっちゃ困るぜ」

「そ、そりゃあ」

「なあに、手が足りねえときにゃあ、また榊原さまに話してみるさ。あ、そうだ。あの旦那の仕官のうわさ、きょうの忙しさにかまけてまだ確かめていねえ。あしたにでも行ってみらあ。あ、そろそろ火の用心にまわらなきゃならねえ」

　杢之助はすっかりぬる燗になった湯飲みを一気にあおり、

「寒さしのぎにゃ、こいつが一番だ」

　と、上体を拍子木のかけてある枕屏風のほうへねじった。

そのあとすぐだった。

——チョーン

拍子木の音とともに、

「火のーよーじん、さっしゃりましょーっ」

その背を清次は、木戸番小屋の前に立ち、提灯の灯りが見えなくなるまで、無言で見つめていた。

暗い空洞のなかに、声は聞こえなくなり、

——チョーン

拍子木の音だけがまた聞こえた。

杢之助は暗い左門町の通りに歩を踏みながら、清次にすべてを話し終えたことで、胸の痞(つか)えがおりた気分になっていた。

しかし、源造にどう切り出すか、具体的な算段はなく、まだ迷っていた。

結びついた事件

一

「おっと、いけねえ」

李之助はあわててすり切れ畳から三和土(たたき)に下りた。七厘(しちりん)の上で焼き芋が煙を上げていた。

「アチチチ」

ころがした。上のほうはまだ生(なま)なのに、下のほうが炭火のようになって燃えていた。

朝からすり切れ畳の上に胡坐(あぐら)を組み、腕組みをしてほとんど動かなかった。

迷っている。

ここ数日のうちに、箪笥(たんす)裏の伊賀町に盗賊が押込む。

（そやつら、すぐ捕まるだろう）

李之助は思っている。かつて自分が副将格だった白雲一味のように、用意周到にコトを進める連中ではなさそうだ。捕まれば牢問にかけられ、すべてを吐くだろう。そこに左門町の栄屋が出てくる。源造の案内で、奉行所の同心が裏を取りに来る。李之助の木戸番小屋が、同心たちの詰所になる。

ぶるると、李之助は肩を震わせた。

それをいかにして防ぐか……。吝な一群の顔触れか居場所が分かっておれば、算段はつけやすい。事前に襲い、すべてをなかったことにすればいいのだ。そのきっかけをつかめたかもしれない尾行は、街道で源造と出会い中断せざるを得なかった。そやつが置き引き犯の一人だったことは間違いないのだ。

もう一人の手掛かり、大事な半纏を置き引きされた頓馬な男。こいつは松次郎と竹五郎が顔を見ている。だが、ながれているうわさを集める以外に、松次郎たちを巻き込むわけにはいかない。

「うーむ」

いくら考えても、妙案が浮かばない。

午過ぎになった。

昼八ツ（およそ午後二時）の鐘が聞こえると、どこの手習い処でも手習い子たちの歓声が上がる。きょうの手習いの終了である。このころ、飲食の店では昼の書き入れ時が終わる時分でもある。

杢之助もその鐘を聞いていた。というより待っていた。考えてなにも浮かばないときは、動いてみることである。妙案が出てくるかもしれない。それに、きのうから気になっていた、榊原真吾の仕官の真偽を確かめねばという、具体的な用もある。

「よーし」

杢之助はすり切れ畳から腰を上げ、下駄をつっかけ街道に出た。往来人も荷馬も大八車も、動きが気分的にも忙しないように見える。

清次の居酒屋の暖簾を頭で分け、声をかけてから街道を横切った。

「おっと」

急ぎの町駕籠が目の前を駈け抜けて行ったのも、年の瀬のせいであろうか。

真吾の手習い処は麦ヤ横丁の通りから脇道に入り、金兵衛の質屋のとなりにある。家主が質屋の金兵衛なのだ。

手習い子たちが帰ったあとで、真吾が一人で書見台に向かっていた。杢之助が

来ると、

「これは杢之助どの。こちらから行かねばと思うておったのだ」

と、手習い部屋の奥の、裏庭に面した部屋に案内した。真吾は杢之助を呼ぶとき、〝どの〟をつけている。

（ただ者ではない）

と、みているからだろう。しかし、〝人はいろいろあるでなあ〟と、詮索などしない。町で木戸番人に〝どの〟をつけて呼ぶのは、真吾くらいである。しかも、武士である。

「――よしてくだせえ。気恥ずかしゅうございやす」

杢之助は幾度も言ったが、一向にあらたまらない。

二人は文机をはさんで胡坐を組んだ。

仕官の話は本当だった。

真吾から、出奔のときの話を聞くのは、これが初めてだった。

播州姫路藩酒井家十五万石では、次席家老と城代家老の、藩政をめぐる内紛があった。城代家老は頑固な守旧派であり、それに対し次席家老の河合道臣は改革派だった。双方の確執が最も嵩じたとき、榊原真吾は出奔した。なにがしかの事

件を起こしたのだろう。これについて真吾は詳しく語らず、ただ一言、

「河合さまのご政道が、うまく行くようにと思うてのう」

とのみ言った。

浪人となった真吾は、江戸に出て左門町で杢之助と知り合い、向かいの麦ヤ横丁で手習い処を開くことになったのだが、国おもてではしばらくしてから、改革派の河合道臣が城代家老となった。しかし道臣は、真吾を呼び戻せなかった。守旧派の勢力がまだ残り、真吾を呼び戻せばそれらを刺激することになるからだった。

「なあに、江戸で町場の空気を吸うと、これはこれで、なかなか捨てがたいものだ。あははは」

と、笑いながら真吾は言う。決して負け惜しみなどではなかった。

国おもてで、河合道臣は藩政改革を確たるものとする一つとして、好古堂（こうこどう）という従来の藩士の子弟だけを対象とした藩校とは別途に、

――郷学（ごうがく）を興（おこ）す
と、下級藩士、町人、農民の子弟を対象とした、実学重視の半官半民の学校・仁寿山黌（じんじゅさんこう）を創立した。仁寿山とは、山というより城下の小高い丘で、瀬戸内海が

一望のもとに見渡せ、真吾もよく知っている。

領民にも下級藩士にも仁寿山黌の評判はよく、道臣の努力もあって順調にすべり出した。

道臣から真吾に連絡があった。

——帰参せよ。仁寿山黌の教授方に任ずる
真吾が麦ヤ横丁に手習い処を開いてから、二年目のことだった。

「俺はもうここを離れられなくなっておったよ。ときおり杢之助どのと闇走りをするのも、おもしろかったしなあ」

と、声を落とした。

「へえ、恐れ入りやす」

杢之助はぴょこりと頭を下げ、

「数日前、お越しになっていたお武家は、姫路藩のお方で？」

「そう、それなんだ」

真吾は胡坐のまま、背筋を伸ばした。

「ご家老の河合道臣さまが昨年、隠居されてなあ。だが、悠々自適とはいかぬ。藩の将来が心配じゃと言うて、それで俺に帰参して仁寿山黌の教授方に就け、としなあ」

……江戸家老が来たのだ。俺もまあ、ご隠居のお言葉とあれば、かえって断れん

「で、いつごろ」

「ご隠居は早うと言っておいでのようだが、俺にも都合がある。たとえば此処の後任だ。帰参するまえに決めておかねばならんからなあ。俺の手習い処暮らしは、思えばもう九年になるか。李之助どのにも、ほんとうに世話になった。ありがたいと思うている」

「とんでもございません。世話になったのは儂のほうで」

感慨深げに語る真吾に李之助は返した。帰参はもう決定的のようだ。

そうなると、李之助の胸中には、感慨よりも別の思いが湧いてきた。

目の前の問題である。箪笥裏の伊賀町の山屋に盗っ人が入るとすれば数日中、あるいは今夜かもしれない。悪党を防ぐためとはいえ、帰参の決まっているお人に闇走りを、

（頼むわけにはいかない）

手習い処を出てとなりの質屋の前にさしかかったとき、ちょうど金兵衛が小僧

を随えて帰って来た。年末で質草受け出しの催促か、外出していたようだ。

「これは左門町の李之助さん」

と、金兵衛のほうから声をかけてきた。

李之助が、内藤新宿に巣喰う与太三人が金兵衛の質屋に押し入ろうとしているのを察知し、真吾を中心に李之助と清次が脇を固め、取り押さえて源造に引き渡したのは、ほんの三月前である。

「榊原さまのところに御用でしたか。あ、おまえ、さきに帰っていなさい」

と、小僧を店の中へ帰し、玄関前での立ち話になった。

「李之助さんも聞きましたか、榊原さまの帰参の話。お引きとめするわけにもいかず、なにかいい手立てはないですかねえ」

と、大家の金兵衛にはすでに話しているようだ。

「ま、めでてえことじゃござんせんか。それよりも……」

李之助はいい機会だと思い、簞笥裏の伊賀町の山屋を話題にした。

「えっ、李之助さんもうわさを聞いていましたか」

と、金兵衛は用心でもするようにあたりを見まわし、声を低めた。

「えゝ、山屋さんも江戸質屋仲間に顔をつらねている常質ですが、それは表向きで、もぐりの脇質や、やくざ者の鉄火質よりももっと非道い、高利貸しをやっているともっぱらのうわさですよ。同業にそんなのがいるとは、もう恥ずかしいことで。だからといって、同業者をお上に密告すわけにもいかず、まったく困ったことです」

質屋仲間の金兵衛が言うのだから間違いないだろう。

さらに金兵衛は言った。

「うちに盗っ人が入ったとき、榊原さまや杢之助さんやおもての清次旦那に救われましたが、どうせ入るなら、ああいうところに入ってやればいいんですよ」

話している相手が杢之助だから言えた言葉であろう。

「そりゃあまったくでござんすねえ」

杢之助は応えたが、内心どきりとした。その日が迫っているのだ。

入ってお茶でもと言わなかったのは年の瀬のせいか、杢之助は内心の高鳴りを抑え、店の前で金兵衛と別れ麦ヤ横丁に出た。音のない足取りは重かった。なるほど、盗賊が山屋に目をつけてもおかしくないのは分かった。だが、こたびに限って、真吾の手を借りるのは憚られるのだ。

街道にはやはり年の瀬を感じる。

清次の居酒屋に暖簾から顔だけ入れた。店に客はいなかったが、そろそろ夕の仕込みに入る時分が近づいている。杢之助が木戸を入ると、清次がすぐそのあとにつづいた。

木戸番小屋では腰高障子を開けるなり、

「杢さん、待っていたの。どうでした、榊原さまは」

おミネがすり切れ畳の上で腰を浮かせた。焼き芋の番もちゃんとしていたようで、香ばしい匂いがただよっている。

杢之助が三和土に入ると、すぐそのあとから清次が、

「俺もそれを聞きたい」

と、つづいて敷居をまたいだ。

おミネの顔が一瞬曇った。杢之助と二人で話せる機会が消えたのだ。

それよりも真吾の件である。

おミネの前でも、やはり木戸番人とおもての旦那である。

「仕官ではなく、帰参でやした」

「なに？　それ」

おミネが問い返したのへ、杢之助は真吾の語った内容と、家主の金兵衛がすで

に知っていたことも話し、

「そのうち麦ヤ横丁のほうからうわさがながれて来やしょうから、左門町で儂らから話すのはひかえやしょう」

「ふむ。それがいい。あ、おミネさん、そろそろ夕の仕込みだ。志乃を手伝ってやってくんねえ。俺もすぐ帰るから」

「ん、もう」

せっかくすり切れ畳に腰を据えなおしていたおミネは、すこしふてくされたようにまた腰を上げた。清次も、おミネの杢之助への心情は心得ている。だがさっき杢之助の表情が、

（ちょいと話が）

語ったのを読み取っていたのだ。杢之助が帰参の話をおミネと一緒に語ったのは、木戸番小屋をうわさの発信地にしないための措置だった。

杢之助はすり切れ畳に胡坐を組み、清次はそこに腰をかけている。

金兵衛の話を聞いて清次はうなずき、

「榊原さまの手が借りられねえとなると、やはりあっしが助け働きを」

「ならねえ」

杢之助は首を横にふった。

二

押込みは、きょうかあすかもしれないのだ。

だが、
気は焦る。

(なんとかせねば)

(いかにすべきか)

対処法が浮かばない。

一夜が明け、昨夜も庄吉は左門町に帰って来なかったようだ。もみじ屋への強請(ゆすり)は、小休止を得ているのかもしれない。

長屋のいつもの朝の喧騒が終わり、

「おう、杢さん。行ってくらあ」

「きょうもまあ、近場でよう」

と、松次郎と竹五郎の声が木戸番小屋に入ると、

「待ちねえ」

　杢之助は下駄をつっかけていた。

「近場ってどこでえ」

　おもてに飛び出した。

「あゝ、源造の近くで癪だがよ、御箪笥町のあたりをよう」

「足を伸ばしゃお濠端でもみじ屋さんだ。声がかかりゃあ、庄吉のようすも見てくるよ」

　松次郎が言ったのへ、竹五郎がつないだ。

「おぉう、頼むぞ。しっかり見て来てくんねえ」

　ついいつもと違い、頼み事の言葉が出てしまった。

「おう」

「任しときねえ」

　松次郎と竹五郎はいつもの仕草で、すでに忙しい一日が始まっている街道を、四ツ谷御門の東方向へ歩を踏んだ。

　杢之助はさっきの自分の言葉に気づき、ハッとした。

（すまねえ。おめえさんらを、巻き込むようなことを言っちまって）

李之助は胸中に詫びた。

二人は往来人や大八車に混じって歩を進めている。すぐさきの枝道を北方向の左手に入れば御箪笥町である。街道の右手も伝馬町で、その奥も伊賀町になっている。

背の道具箱にカチャカチャと音を鳴らしている竹五郎が、

「さっき李さんよ、みょうなことを言っていたなあ。しっかり見て来てくれなんてよ」

「そりゃあ、おめえが庄吉の名など出すから、李さんもついその気になったんだろうよ」

松次郎は天秤棒に均衡を取りながら応え、

「頼まれついでだ。このままお濠端まで行って、伝馬町一丁目から触れを上げるかい」

「そうだなあ、そうするか」

と、二人はいずれの枝道にも入らず、街道をそのまままっすぐ進んだ。御箪笥町の手前の伝馬町あたりからながす算段だったのだが、李之助の依頼で場所を変えたことになる。

二人の足は外濠の往還に出た。左手の角がもみじ屋である。料亭であれば、まだ暖簾は出ていない。だが店の中では掃除や仕込みの仕事が始まっている。外から鋳掛屋や羅宇屋の触売の声が聞こえてくれば、女中が底に穴の開いた鍋を持って出てくるかもしれない。竹五郎には亭主の市兵衛から、正月用に新しい煙管を新調したいと声がかかるかもしれない。二人はそれを期待している。

が、

「ん？　なんでえ、ありゃあ」

「行ってみよう」

と、触売の声よりも急ぎ足に歩を進めた。

お濠に沿ったすぐ向こうに四ツ谷御門が見える。その四ツ谷御門ともみじ屋の中ほどの濠端に人だかりができていたのだ。川端や濠端で人だかりといえば、およそ土左衛門と相場が決まっている。

すでに死体はなく、人だかりだけだった。それら野次馬のなかには男も女もおり、死体のあった場所を指さし、恐々としたようすで、

「この年の瀬に、冷たかったろうになあ」

などと話している。

顔見知りの者もいたので訊くと、すでに源造が来て町の者に手伝わせ、四ツ谷御門前の麴町十一丁目の自身番に運んだという。すぐそこだ。死体があと一、二間（およそ二、三米）下流だったら、運ぶのは伝馬町一丁目の自身番ということになったはずだ。

伝馬町の自身番では、町役たちがホッとしていることだろう。町内で行倒れなどがあれば、死体はその町の自身番が引取り、それが身許不詳となれば、保管から無縁仏にするまでの世話はすべて自身番の費消となる。いまは冬場で数日なら助かるが、夏場なら一日で腐臭を放ちはじめ、町役も書役も鼻をつまんで自身番から逃げ出さざるを得なくなる。さらに調べに来た役人の接待も、自身番の出費となるのだ。

運び込まれた麴町の自身番では、

「縁起でもない」

と、町役や書役たちが渋面をこしらへ、これからの出費に思いを悩ませているころ、伝馬町一丁目のもみじ屋では、ホッとするどころか、新たな緊張に包まれていた。もみじ屋の亭主・市兵衛も、伝馬町一丁目の町役なのだ。

濠端では野次馬たちがまだ去りがたそうに、死体の上がったまわりにたむろし

ており、

「自身番へ見に行ってみようぜ」

と、駈け出す者もいる。

「俺たちも行ってみようか」

「行っても死体が見られるわけじゃなし、源造さんもそこにいるはずだぜ」

「ケッ、源造かい。だったら竹、ここから触れの声、始めようぜ」

「おう」

と、松次郎と竹五郎はそこを離れた。

源造は鋳掛屋と羅宇屋なら商売柄、町のうわさを集めやすいことから、

「――やい、おめえら。俺の下っ引にならねえか。いい思いさせてやるぜ」

と、いつも言っている。

それを松次郎も竹五郎も、

「――へん。俺たちゃあ、てめえの腕一本で喰ってるんでえ」

「――そうともよ」

と、逃げるよりも毛嫌いしているのだ。

二人が触売の声を上げはじめてすぐだった。

「おう、松と竹じゃねえか。おめえらの声、よく聞こえるからすぐ分かったぜ」

と、駈け寄って来たのは源造だった。だみ声を上げ、眉毛をひくひくと動かしている。

「ケッ、なんでえ。商売のじゃまするねえ」

松次郎が勢いよく言ったのへ源造は、

「やい、松。これからひとっ走り左門町に戻ってバンモクを呼んで来い。さあ、すぐだ。そのあいだ竹、松の商売道具、見ていてやんねえ」

「なにを勝手なことぬかしやがる。あんたには義助と利吉がいるだろが。俺たちゃ、あんたの下っ引になった覚えはねえぜ」

「うるせえ、急いでんだ。聞いたろう、そこに土左衛門が上がったのを」

言うと源造は真剣な顔で不意に声を低め、

「そのホトケ、左門町に関わりがあるかもしれねえ。理由は訊くな」

「えっ」

「松つぁん。その天秤棒、俺、見ておくよ」

「ケッ。杢さんに知らせるんなら仕方ねえや」

松次郎は言うと天秤棒をその場に投げ降ろし、走り出した。

その背に源造は、

「急いでくれ。大事なことなんだ」

だみ声を投げた。

源造の顔は引きつっていた。


御箪笥町の塒に、土左衛門の第一報が入ったのは、日の出間もなくのころだった。走り込んだのは豆腐屋で、朝の棒手振だった。

源造はまだ寝ていた。死体と聞いて飛び起き、駆けつけた。

岸辺に引っかかっていた。冷たい水に濡れながら引き上げた。若い男で、斬り傷も刺し傷も、首を絞められた痕もない。やはり溺死のようだ。

早朝というのにすぐ野次馬が集まった。源造はそのなかに死体の知り人はいないか訊いたが、誰もが首を横に振る。それら野次馬のなかに、もみじ屋の女中がいた。女中は背伸びをして死体をのぞき込み、思わずつぶやいた。

「あっ、うちの店を強請ってた男」

その声を源造は聞き逃さなかった。女中は源造に申し出ることもなく、そそくさと人垣を離れ、もみじ屋へ駆け戻った。

源造は追わなかった。間違いない。早朝に呼ばれた義助と利吉は、驚いた表情で言ったのだ。

「――五郎太！」

この二人を下っ引と知らず、かわら版を持ちかけた与太の一人だったのだ。

瞬時、

（殺し）

源造の脳裡を走った。そこで浮かんだのは、

（……庄吉）

であった。自分が脅しの材料に使われている。店のため、つい殺ってしまった……考えられないことではない。

源造は死因をもっと詳しく調べるため、麹町十一丁目の若い衆を呼んで死体を自身番に運ばせ、義助に手証になるようなものが上流の岸辺に落ちていないか找させ、利吉を八丁堀に走らせた。

女中が駈け戻ったもみじ屋では、店全体に衝撃が走ったことであろう。店を強請っていた与太の死体が、すぐ近くに上がったのだ。

麹町の自身番では医者を呼び、死因を探らせたが、濠を流れるときについたと

思われるすり傷や打ち傷のみで、打撲の痕も殴られたのか濠に落ちるときに打ったのか、流されているときにあちこちに当たったのか、

「断定はできぬが、おそらく死後の傷だろう」

と、医者は言う。

が、髷が異常に乱れていた。事件の可能性は否定できない。

ともかく死体は麹町の自身番に寝かせ、もみじ屋へ行って庄吉のようすを探ってみようと思っていたところへ、濠端の上流へ遣った義助が駈け戻り、

「大変だあ！」

と、麹町の自身番に飛び込んで来た。

「馬鹿野郎。ほんとに大変なら、逆にそっと言うもんだ」

源造は叱ったが、義助は死体の横に立ったまま息せき切って、

「市ケ谷八幡町の濠端にぃ、これとおんなじ死体がもう一つ引っかかっていやしたあ。それが、それが三郎左なんで！」

「なんだって！」

源造は驚愕した。町役や書役たちも、五郎太や三郎左などという名は知らないまでも、同時に近い場所に死体が二つも上がったことに驚いていた。ともかく

源造は義助を現場保存のため八幡町に戻し、自分もすぐ見に行くべきか、もみじ屋を探るべきか迷った。そこへおもてから、

「イカーケ、イカケ。ナベーカマ、打ちやしょう」

「キセールそーぅじ、いたーしやしょう」

松次郎と竹五郎の触売の声が聞こえてきたのだ。

源造は即座に決めた。

（ふむ。庄吉はバンモクに任そう）

おもてに飛び出し、二人を呼びとめたのだった。

三

松次郎は左門町へ来た道を返し、源造は市ケ谷八幡町に走った。

死体のようすは麹町のものと似ていた。年格好もおなじで一見、単なる土左衛門のようである。そこに人だかりができているのも、麹町とおなじだった。

だが場所柄か、そのなかに茶汲み女たちがいた。

言う者がいた。

「あら、この顔。幾日かまえ、ほら、半纏を置き引きした、あの与太のような二人組の一人」

「まあ。そう言えば似ている。気色わるーっ」

源造は八幡町の若い衆を呼んで死体を自身番に運ばせ、茶汲み女たちも呼んだ。野次馬のなかにいた二人だけでなく、その茶店のあるじも一緒だった。八幡町の茶店は市ケ谷八幡宮への参詣人をおもな客としているから、日の出とともに店を始め、日の入りとともに仕舞う。だから朝のこの時刻には、もうおやじも女たちも出ていたのだ。

自身番であらためてじっくり顔を見せると、あるじはいちいち客の顔まで見ていなかったが、女たちは気色悪がりながらものぞき込み、

「たぶん、こんな感じの顔と歳でした」

「そう、あたしもそう思う」

三郎左の死体に、証言するのだった。

源造はつぶやいた。

「この悪ども、強請を仕掛けるばかりか、置き引きまでやってやがったのかい。しかも、どっちも俺の縄張内でよう」

しかし源造は、この二人が置き引きした半纏を藤兵衛の栄屋に持ち込み、そこから山屋への押し込をにおわす紙切れが出てきたことをまだ知らない。

一方、杢之助もまた、置き引きの二人がもみじ屋へ強請を仕掛けていた与太どもであることに、まだ気づいていないのだ。

詳しい事情の分からないまま、松次郎は走った。さすがに若僧の義助とは異なり、清次の居酒屋の前まで来ると歩をゆるめ、悠然とした足取りになって左門町の木戸を入り、

「杢さん、帰って来たんだが」

と、腰高障子を開けた。

濠端に土左衛門が上がり、

「源造が言うには、それが左門町に関わりがあるかもしれねえから、杢さんにすぐ来い、などと」

「なんだって！」

杢之助は驚いたが、それ以上のことは松次郎も知らない。

ともかく留守居を清次に頼み、麹町十一丁目の自身番へ、目立たぬよう下駄で小走りになった。木戸番小屋にはまたおミネが入り、清次も杢之助につづこうと

する松次郎をつかまえ、土左衛門の上がった話だけは聞いた。その一連の動きは人目を引くものではなかったから、一膳飯屋のかみさんにも気づかれることはなかった。

李之助は急いだ。下駄に音が立たなくても、街道では大八車の音が大きく、他の下駄の響きもあって心置きなく歩を踏める。

麹町の自身番に行くと、土間には死体が粗莚（あらむしろ）をかけられ横たわっている。源造が指名した木戸番人ということで、莚をめくって面を検（あらた）めることができた。

ハッとした。栄屋に半纏の受け出しに来た与太ではないか。

李之助の脳裡は混乱した。源造はこの若い男を〝左門町に関わりがある〟として、松次郎を李之助の木戸番小屋に走らせた。

(源造さんは、半纏が栄屋に持ち込まれたことを知っているのか？)

その源造が、麹町の自身番にいない。

言付けがあった。

――四ツ谷八幡町の自身番に来い

麹町の町役は、向こうでも土左衛門が上がったらしいと言う。

「えっ」

李之助の脳裡はさらに混乱したまま、濠沿いの往還を八幡町に急いだ。

八幡町の自身番でも、いくらかの野次馬が閉められた腰高障子の前にたむろしていた。

「へい、ご免なすって。木戸の者で」

李之助はそれらのあいだを縫うように腰高障子に近づき、

「へい、街道筋の木戸番人でござんす。源造親分はこちらで？」

声をかけながら開けた。ここまで来ると、麹町でもそうだったが、李之助の顔を知る者はいない。

土間に粗莚をかけられた死体が置かれているのは、麹町の自身番とおなじだった。死体のようすも、髷が極度に乱れていることもおなじだ。部屋の中にいる町役や書役たちが困惑気味に、渋面をこしらえているのまでそっくりだった。

「おぉう、バンモク。来てくれたかい。待っていたぜ」

と、源造は町役たちと一緒にいた畳の間で腰を上げ、

「へい、失礼いたしやす」

李之助が遠慮気味に上がり框に上がると、

「話がある」

源造は奥の廊下のほうをあごでしゃくった。

畳の間に座っている町役や書役たちのあいだを縫うように、杢之助は源造のあとにつづいた。

源造は杢之助を、奥の板の間にいざなった。町で拘束した乱暴者や不審者を、役人が来るまでしばし留め置く部屋である。

板敷きに源造と杢之助は胡坐居（あぐらい）になった。ほかに人はいない。

自然、声は低くなる。

源造は、麴町の死体が五郎太で、もみじ屋に強請を仕掛けた片割れであることを話した。杢之助は内心驚愕したが、さっきから事態に驚きっぱなしである。かえって心ノ臓の高鳴りを、顔に出さずにすんだ。

「向こうのときはてっきり、庄吉が関わっていると思ったのよ。だがよ……」

源造は低声（こごえ）をつづけた。眉毛が小刻みに動いている。

八幡町にも死体が上がり、

「そこでもみじ屋をおめえに任そうと思って松を走らせ、こっちへ来てみると、驚いたぜ」

源造の眉毛がひときわ大きく上下した。

「八幡町(こっち)の濠端に上がった野郎よ、そこの茶店で置き引きをやりやがった片割れだったぜ。ほれ、前にもちらと言ったろう、木綿の半纏の、吝(けち)な話よ。それがよう、義助と利吉にかわら版の話を持ちかけやがった、五郎太と三郎左たらぬかす与太どもだったのよう」

（えっ!?）

杢之助は驚きを懸命に隠した。

源造はつづけた。

「あとでこっちの茶汲み女と、もみじ屋の女中か女将(おかみ)に二つの死体を面通しさせ確認するつもりだがよ、それを待つまでもなく、この死体どもめ、つるんでやがった二人組だ。となると、あの生真面目な庄吉が一人で殺(や)ったなど、考えられねえ。ひょっとすると、もみじ屋ぐるみで……」

「おっと源造さん、待ちねえ」

杢之助はかすれた声を入れた。どうやら源造は、あの半纏が藤兵衛の栄屋に持ち込まれたことは、まだ気づいていないようだ。だが杢之助は口を入れたものの、このあとなにを語るべきか、脳裡にまとまっているわけではない。ただ、激しく回転していた。いま初めて、もみじ屋を強請った五郎太と三郎左が、置き引きした半纏を栄屋に持ち込んだ与太であることがはっきりしたのだ。

これから起こるであろう簞笥裏の伊賀町での押込みに、五郎太と三郎左はつながっていた。ということは、その盗っ人どもが捕まれば、そこからもみじ屋への強請も浮かび上がってくる。盗っ人どもの口から半纏の件も吐かれ、二つとも左門町に関わりがあるとなれば、奉行所の同心が幾人も左門町に入り、杢之助の木戸番小屋が詰所になることはもはや必定である。

「おう、バンモク。おめえにもなにか思案があるのかい」

「あゝ、それは……」

まとまりのないまま源造に訊かれ、返したところへ廊下に足音が響いた。八丁堀に走った利吉が戻って来たのだ。やはり利吉も麴町十一丁目の自身番に顔を入れ、そこから八幡町の自身番に走ったようだ。かなり息せき切っている。

「八丁堀の旦那がおっしゃるには……」

利吉も胡坐居になり、話しはじめた。

出仕前の同心は組屋敷の縁側に出て来て、

「――この年の瀬の忙しいときに、面倒な話を持って来るな。どうせどこかの酔っ払いがお濠にドボンでこの寒さだ。目の覚める前に心ノ臓が止まっちまったんだろうよ。町の自身番で処理しておけ。それでも事件につながりそうなら、あらためて持って来い」

と、着ながしに帯を締めながら白い息を吐いたという。

「源造さん」

「なんでえ」

源造は不機嫌になっていた。

「二人だけで話が」

「だからなんでえ、気色悪いなあ」

言いながら源造は利吉に、外へ出ておれとあごで示した。

杢之助は利吉の語った同心の言葉で、まとまりかけていた策に、決心がついたのだ。

「源造さん。ついでに盗賊退治も奉行所の手を借りず、今年の締めになる手柄を立ててみねえかい」

「なんだと？」

杢之助の言葉に、胡坐居のまま源造はひと膝(ひざ)まえに出た。

町奉行所管掌(かんしょう)の自身番小屋の中で、このような話をするなど大胆というほかない。利吉は奥の部屋へ誰も来ないよう見張るかたちに、廊下で壁にもたれて座り込んでいる。義助はふたたび源造に言われ、手証になるものはないかと濠端の探索に出ている。

「ま、おめえのことだ。聞こうじゃねえか」

源造の太い眉毛が動いた。

四

皺を刻んだ杢之助の顔が、屹っと源造を見つめている。

「だから、なんなんでえ」

源造はたじろいだ。

決意をした杢之助の脳裡は、なにからどう話そうかと思案している。だがそれは、ほんのわずかのあいだだった。

杢之助の口がゆっくりと動いた。

「もみじ屋さんだが、たとえ仕掛けられた話とはいえ、割烹で味に関わる悪いうわさがながれたのじゃ、これからの商いに差し支えるだろう」

「そのとおりだ」

「だからよう、二人は死んだことだし、強請はなかったことにするのよ」

「なんだと？」

源造は反発する表情になったが、すぐ、

「ふむ、できねえことじゃねえ。髷の異常な乱れは気になるが、やつら酔っ払って濠に落ちたことにして、素性を洗わずに無縁仏にしちまえばよう。そのくらい、俺のさじ加減でできらあ。置き引きも安物の半纏一枚で、財布が入っていたわけでもなかったようだからなあ」

「だろう。そうすりゃあ、源造さん。手柄にはならねえが、もみじ屋さんから感謝され、あの身代だ……」

「なに言ってやがる」

源造は反発を見せたが、眉毛が踊るように動いていた。もみじ屋からの、相応の謝礼を皮算用しているのだ。

「それで、実はなあ」

と、杢之助は声をさらに低め、顔を源造に近づけた。

「なんでえ」

「あの半纏なあ」

「置き引きのかい」

「あゝ。実は、あれ、藤兵衛旦那の栄屋に持ち込まれていたのよ」

「なに？」

源造は怪訝な表情になった。

李之助はつづけた。

「ホトケの面はどっちも拝ませてもらったが、左門町に来たのは麹町に上がった五郎太っていうほうだった。その半纏を翌日、受け出しに来よってなあ……」

と、不審に思った藤兵衛が襟に縫い込まれた紙片に気づき、李之助の指示で元どおりに戻して引き渡した経緯を話した。

「なんだと！　なぜ黙っていやがった」

源造の声が大きくなった。

「しーっ」

李之助は叱声を吐き、

「そりゃあ、わけの分からねえことに関わりたくなかったからさ。だけどよ、さっき五郎太の面を見て、これは黙っちゃおれねえと思ったのよ」

「ふむ。いい考えだ」

源造は得心したようにうなずき、

「で、その紙切れにはなんと書いてあったよ」

「それさ」

杢之助は〝拾弐拾参☀山ヤ〟を口頭で話し、そいつは十二、十三で……と思う、
と解説した。

「おめえ、馬鹿か。十三日といやあ煤払(すすはら)いの日で、空は晴れていたぜ。あの伊賀町の山屋へ押込みが入(へえ)ったって話は聞いていねえぜ」

「だからよう、そのとき半纏は栄屋さんにあったわけだろが。盗っ人どもにすりゃあ、ばれたと思って計画を中止したって寸法じゃねえかなあ。ところが半纏は無事に戻って来た」

「ふむ、ばれちゃいなかった。で、いつやりやがる」

「分からねえ。だがよ、近いうちとは思わねえかい。せっかく盗っ人が目串(めぐし)を刺した質屋だ。それなりの用意もしていることだろうし」

「ほっ。おめえ、以前やってたみてえに詳しいじゃねえか。そのとおりだぜ。俺もいまそう思ったぜ。くそーっ、簞笥裏の伊賀町は俺の縄張内どころか、すぐ膝

元だぜ。しかもあの質屋は、とかくうわさのあるところだ。で、どこのどいつでえ、その盗っ人野郎は」

李之助は源造の言葉にハッとするものがあったが、疑って言ったようでもなかったので内心ホッと息をつき、

「そんなの、儂が知るわけねえだろう」

「そりゃあそうだが。あっ、バンモク！　五郎太と三郎左のあの髷の乱れ、やったやつは、半纏を取り返した盗賊ども」

ようやく源造はそこに推理を持っていった。

李之助は五郎太の栄屋に来たときのようすと、五郎太と三郎左の髷の異常な乱れから、すでにそれを推測していた。

置き引きに遭った頓馬な盗賊は、仲間にも話して死にもの狂いでまだ名の分からない五郎太と三郎左の与太二人を找した。見つけた。盗賊どもは二人を拉致し、さんざんに痛めつけ、半纏を古着屋に売り払ったことを吐かせ、三郎左を人質に五郎太を払い戻しに行かせた。それが煤払いで、清次が街道で畳を叩いていて気づいたあの日である。

翌日、五郎太は半纏を引取りに来た。それが、李之助が源造と街道で出会い、

行き場所を突きとめる機会を失ったあの日である。だが、それは話さなかった。

「そうか、半纏を取り戻すと、やつら五郎太と三郎左を殺しやがったか。それも髷をつかんで顔を水に押しつけ、溺れ死んだように見せかけてお濠に捨てやがった。無事に半纏が戻ったのなら、殺さなくてもいいものをよ。あの与太二人が可哀相になってきたぜ」

「儂もそう思うぜ。それがこたびの盗っ人どもの気が小せえ証拠よ。おそらく、じっくりと機会を待つこともできねえやつらだと思うぜ。だから、押し入るのは数日後……」

言って杢之助は思わず口をつぐんだ。そこまで言うと、事態を読み過ぎていることになる。源造はそこには気づかず、

「だがよ、そこまで根が深え事件なら、もみじ屋への強請、なかったことにできねえぜ」

「なにが根の深えもんかい。半纏のこともなかったことにすりゃあ、ただ単なる質屋への押込みにならあ。そこも源造さん、あんたのさじ加減ひとつでできることだぜ」

「どういうことでえ、詳しく話せ」

源造が上体を前にかたむけたのへ、杢之助は落ち着いた口調で言った。

「利吉どんの話じゃ、五郎太と三郎左の死は、お奉行所の旦那も酔っ払いの溺死ですませろとおっしゃっているのじゃねえのかい。そのとおりにしねえと、かえってその旦那の顔をつぶすことになるぜ。そのためには半纏のことも、なかったことによお」

「できるのかい、そんなことが」

「できるさ、源造さんのさじ加減でよう。しかも、あんたの大手柄ということでなあ」

「うーむ」

源造はうなずきとも、うめきともつかない声を洩らし、

「そんな大事な込み入った話、ここじゃできねえ。場所を変えるぞ。御箪笥町につき合え」

腰を上げた。

畳の間に出ると、待っていたように町役たちが、

「源造さん、このホトケ、いつまでここに置いておくつもりかね」

「お奉行所から、検死のお人は来なさらないのかね」

口々に言う。

源造は返した。

「あゝ、同心の旦那も言ってなさるのだ。無縁仏として、すぐにでも処理しなせえ。おう、利吉」

「へえ」

「そのように麹町にも伝えておけ。そのあと義助をさがして一緒に御簞笥町に戻って来い」

「へいっ」

利吉は八幡町の自身番を飛び出した。

「ほんとうにそれでよろしいのですなあ」

町役の一人が念を押したのへ、

「同心の旦那から手札をもらっている俺が言っているのでさあ」

源造は返し、外に出た。

杢之助はつづいた。

三和土に下りたとき、町役たちに安堵のただよったのを感じた。

源造と一緒に歩くのは、足元がどうも気になる。だが源造の脳裡は、これから如何(いか)に進めるべきかに忙殺され、口数も少なかった。

女房どのが愛想よく迎えてくれた。

庭に面した居間である。

お茶を載せた盆を持って入って来た女房どのに、

「おう。あと俺がいいと言うまで入(へえ)って来るんじゃねえぞ」

「おやおや、どうしたんですか。せっかく杢之助さんがおいでなのに、そんな恐い顔をして」

源造のいつにない低い声を女房どののはうまく受けながし、明かり取りの障子を縁側から閉めると、ふたたび部屋は杢之助と源造の二人になった。

「おめえに、なにか算段がありそうだなあ。聞こうじゃねえか」

太い眉毛が小刻みに動いている。

「あゝ。ある」

杢之助は明確に受け、

「さっきも言ったろう。奉行所に任せず、あんたが出張(でば)ってふん縛るのさ。もちろん、榊原さまには儂から助っ人を頼んでおかあ」

「ほっ。榊原の旦那が来てくれるかい」

源造は渋面に一縷の明かりが射したように、李之助にその顔を向けた。

李之助の決意は、そこにもあった。ほんの先月のことである。簞笥裏の伊賀町からさらに南へ武家地を経た市ケ谷本村町で、悪党二人の棲家に踏み込んで取り押さえたとき、主役は源造で李之助はあくまで補助の役割だった。

だが、三月前に金兵衛の質屋に押し入ろうとした盗賊を押さえたのは、李之助と清次が外で見張り、中で榊原真吾が待ち伏せていたからできたことである。

こたびも踏み込んで来る盗賊をふん捕まえるのだ。奉行所の同心が捕方を差配していないとなると、やはり真吾の腕がなければできる相談ではない。

(このさい、帰参の決まったお方だが、お出ましを願う以外に……)

李之助はそこにも意を決したのである。

「で、榊原の旦那が助っ人に入ってくれて、どう進める。あの山屋のあるじは銀右衛門とぬかして、番頭は左次郎ってんだ」

「ほう、そういう名かい。知らなかったぜ」

「おめえもうわさは聞いているだろう。おもては将棋の駒で定質だが、やってやがることはまともじゃねえ。尻尾を出さねえだけだ。まったく俺の膝元でよ、なめてやがる。これを機に、やつらの悪事の手証をあぶり出し、銀右衛門も左次郎も、盗賊とひとまとめに縄をかけてやりてえ。どうだ、できるか」

「そりゃあ源造さん、あんたの腕次第だぜ」

「ふむ」

　源造はうなずいた。

　李之助は話を進めた。

「そのためにも源造さん、山屋へ押し入ろうとしている盗っ人どもは、どのくらいの数だと踏みなさる」

「そりゃあ、さっきからのおめえの話じゃ、そう大(てえ)したやつらじゃねえことは確かなようだな。山屋に常時いるのは銀右衛門に番頭の左次郎、あとは手代だか手下だか、与太が一人か二人に女中が二人、これは年寄りの婆さんだ。全部合わせても五、六人ってとこかな。賊どもがそれを調べていたなら、そうさなあ、押込むにゃそれとおなじくらいの人数が必要だ。だから、賊も五、六人ってことになるかな」

「ほう。そういうことになるかい」

　山屋の人数が、李之助には大いに参考になった。それにしても源造は、以前から山屋に目をつけていたようだ。

「で、バンモクよ。さっきから一網打尽の策がちっとも出て来ねえぜ。おめえ、言うだけじゃなく、なにか考えがあるんだろうなあ」

「あるぜ」

「ほう」

止まっていた源造の眉が動いた。

「どんな」

「榊原さまとあんたと儂の三人が、山屋に泊まり込んで待ち伏せるのよ。義助どんと利吉どんが外で見張り役だ。賊どもを中に入れてからふん縛るのよ」

「ほう。榊原の旦那がいてくれりゃあ百人力だ。それに、おめえも出て来るかい」

「あゝ、言い出しっぺだからなあ」

「あはは。まあ、おどおどする銀右衛門や左次郎どもを、捕物のじゃまにならねえ場所にいざなうくれえのことはできるだろう」

言いながら源造は、前にかたむけていた上体を元に戻した。

李之助は声を低めたまま、

「儂もそのつもりだ。そういうのがいたほうがいいだろう」

「もちろんだ」

と、源造はふたたび上体を前にかたむけ、

「大事なことを忘れていた」

「なにを」

「いいか、銀右衛門どもを誘導するとき、𨊂と裏の書付などがどこにあるか目串を刺しておくのだぞ。おめえの役目はそれだけだ。あとで俺がそれらを押さえ、やつらもお縄にする手証にしてやらあ」

「分かってるさ。そうそう、儂も大事なことを忘れていた」

「なんでえ」

「半纏のことよ。盗っ人どもめ、どんな面していやがるのか知らねえが、押込み未遂だけじゃ首は落とされねえだろう」

「たぶん、な。遠島くらいですまあ」

「そこよ。五郎太と三郎左が、ほんとうに足をすべらせて土左衛門になったのなら、問題はねえのだが」

「いや、やつらが殺りやがったことは間違えねえぜ」

「儂もそう思ってよ。お白洲でそれをやつらが吐いてみろい。打ち首だけじゃすまねえ。もみじ屋の市兵衛旦那も女将も、それに栄屋の藤兵衛旦那もお白洲に呼ばれらあ」

「そうなるなあ、参考人として」

「参考人でも、奉行所に呼ばれたとなりゃあ、どんなうわさが立つか知れねえ。それに、五郎太たちを無縁仏にしたのが手落ちになって、あんたもそれを指示した同心の旦那も、お奉行さまや与力の旦那方から追及を受けるぜ」

「そ、そうなる。あぁぁ、だめだ、だめだ、この策は」

源造が困惑したように言ったのへ杢之助は、

「だからよう、取り押さえた盗っ人どもへ、同心の旦那に引き渡す前に、五郎太と三郎左の死に不審を持っていることをちらと洩らしてやるのよ。それがおめえらなら、打首は免れねえぜってよ」

「えっ。するとやつら、必死に隠そうとするぜ」

「そこでよ、源造さん。あんたも黙っていりゃあ、お奉行も与力の旦那も、あの土左衛門たちのことなど、端から問題にならねえのじゃねえか。当初のもくろみどおり、単に、と言っちゃあなんだが、山屋への押込みだけの事件ってことでよう。そこへ押込まれた山屋も挙げたとなりゃあ、四ツ谷界隈の拍手喝采を浴びるんじゃねえかなあ。全部、源造さん、あんたの手柄だぜ」

「うーむむ」

源造はまたうなずきともうめきともつかない声を上げた。

「ともかくだ、さっそく儂は榊原さまに頼んでおかあ」

「あゝ、頼むぜ」

と、このときも源造は、外まで見送りに出た。だが、その顔は緊張に引きつっていた。無理もない。お上をあざむくばかりか、盗賊とやり合って下手をすれば命を落とすかもしれないのだ。

その引きつった顔で、街道とは逆方向へ歩を向けた杢之助の背を、

「用意がいいなあ。事前に見ておこうってのかい」

と、低声で見送った。いつもと違った雰囲気に、女房どのも心配げに源造のかたわらに立っていた。

御簞笥町から北へ、伊賀町はすぐそこだ。しかもいま見送られた小間物屋から二度ほど角を曲がっただけのところに、山屋の定質を示す将棋の駒の看板が見える。地形の下調べである。

看板のあるおもての通りから枝道へ入ったところに、山屋の玄関口がある。な

るほどこれなら、質屋に出入りするのに人目につかない。玄関口の脇に路地がある。入った。勝手口に通じる路地で、奥は行き止まりで板塀が見える。武家地で御先手組(おさきてぐみ)の組屋敷だ。山屋の勝手口も板塀に板戸であり、内側は裏庭らしい。この地形なら、御先手組の者が質草を小脇に入るにも、町場に出ず直接出入りすることができる。

(入るならここからだな)

杢之助は内心つぶやいた。心得のある者なら、容易に乗り越えられる板塀で、しかも奥が御先手組の組屋敷の板塀とあっては、昼間でも人が通るのは、山屋の奉公人くらいであろう。五、六人が終結し、ゆっくりと板塀を乗り越える準備ができそうだ。まして夜なら、逃げるにも至便である。

(不用心な質屋だ)

杢之助は内心につぶやき、きびすを返した。

街道に出てから、

「おっと」

走って来た大八車を除(よ)け、背筋をぶるると震わせた。敵の人数は五、六人と推測できても、

（夜の闇のなかで全員を引っ捕えるには、二、三人は命も取ることになるかも知れねえ）

そこに李之助は、心の締めつけられるものを感じていた。

五

まだ午前だった。

木戸番小屋に戻ると、おミネがいた。

「あら、遅かったのですねえ。焼き芋、さっき二つ売れて、新しいのを載せておきましたから」

と、急ぐようにおもての居酒屋へ駈け戻った。昼の仕込みが始まっている。お客も入るころだ。清次は松次郎から聞いた土左衛門の話を早く聞きたいだろう。内容は、想像の範囲をはるかに超えているのだ。だが、これから店は書き入れ時である。

手習い処に行かねばならない。だが、手習い子たちの声が部屋に聞こえる。落ち着かない。すぐ清次や真吾と話ができないからだけではない。山屋への押込みはいつ……今夜かもしれない……。

源造とのあいだで、大筋の算段を決めたあとである。

(儂が押し入るなら)

考えた。

やつらの最初の計画は今月十三日、煤払いの日だった。昼間忙しい日で、誰もが夜はぐっすり眠っていたことだろう。

(なるほど)

思えてくる。

ならば、明ければ新年という大晦日(おおみそか)は……あり得ない。この日、商家は忙し過ぎ、夜遅くまで立ち働いている。質屋も例外ではない。ならば深夜はぐっすり眠るかといえば、逆である。男女を問わず、除夜の鐘を聞こうと午ノ刻(うまのこく)(午前零時)まで起きている者が多い。そのあと、初日の出を拝もうと夜明け前に起き出す者もまた少なくないのだ。

(うーむ、いつ入るか)

うなった。

脳裡は十数年前に戻っている。

（よし、決めたぞ）

膝を打った。餅つきだ。

煤払いが終われば、つぎに江戸の町のどこでも見られる年末の行事は、餅つきである。

きのうの十五日から始まっている。煤払いとのかね合いか、それ以前に始める家はない。武家や大店では日を定め、奉公人はむろん出入りの鳶、左官、大工などが集まって来て、庭で鉢巻に派手なかけ声で餅をつく。横では蒸籠が湯気を立てる。これは女衆の仕事だ。出入りの職人たちが、その家の女衆と気軽に話ができる機会でもある。女衆もさぞ楽しいことであろう。

一方、小振りな商家や民家、裏店では、自前の餅をつく人数もおらず、一軒一軒が臼や杵を持っているわけではない。そこで活躍するのが〝引きずり餅〟である。鳶人足たちが五人、六人と組になり、臼と杵などの餅つき道具を持って町々をまわる。町でも町内がひとまとまりになって蒸籠に湯気を立て、引きずり餅の一群が来るのを待つといった寸法である。

左門町では毎年、松次郎と竹五郎が中心となり、そこに大工や左官など町内の職人衆が集まり、杢之助の木戸番小屋の横に臼を据え、蒸籠を置く縁台をならべ、

そこへ町内の住人たちが、

「さあ、これを頼むよっ」

と、蒸籠を抱えて来て縁台の上にどんと置くのが、毎年の行事になっている。

十六日のきょうになっても、木戸番小屋の横に臼が据えられていないのは、毎年の量がほぼ一定しており、餅つき道具を近くのお寺から借りており、その都合もあるからだ。松次郎と竹五郎がきょうかあしたあたりから早めに戻って来て、町内の注文を取り始めるだろう。

どの町でも餅つきが始まるのは、二十日ごろからであり、二十五日を過ぎると日の入り後も提灯(ちょうちん)をずらりとならべて夜遅くまで杵の音が聞かれ、それを過ぎると深夜になってもまだついている町もあり、大晦日が近づくにつれほとんど徹夜となるのも珍しくない。

杢之助が膝を打ったのは、この餅つきが始まる二十日から、夜なべが珍しくなくなる二十五日ごろまでのあいだに〝押し入る〟と断定したからだった。

「ふむ」

この推測に確信を持つように、杢之助はみずからうなずいた。

うなずくと、フッとため息が洩れた。きょうは十六日で、二十日まで四日ほどある。心に余裕ができたのだ。

だが、榊原真吾には早く了解を取っておきたい。

考える時間が長かったか、すでに手習い処の終わる八ツ（およそ午後二時）時分になっていた。飲食の店の書き入れ時も終わっている。

腰を上げた。

やはりどこへ行くにしても、最初に顔を出すのは清次の居酒屋である。

暖簾を頭で分けた。清次が調理場から顔をのぞかせる。

行き先を告げ、午前につづきまた留守居を頼む。

「あらあら、なんでしょうねえ。これも年の瀬のせいでしょうか」

と、おミネが前掛姿のままいそいそと木戸番小屋に入る。

杢之助は街道を横切り、麦ヤ横丁に入った。

その表情には、町の中にぶらりと出た杢之助にしては、いつになく険しいものがあった。それもそのはずである。助っ人を頼むにしても、これまでとは違う。

姫路藩酒井家十五万石に帰参の決まった、いわば譜代大名酒井家の家士に、町場での闇走りを頼むのだ。

（誠意をもって……そのためには、すべてを話し……）

李之助の胸にこみ上げている。

きのうとおなじだった。手習い子たちがさっき歓声を上げ、帰ったばかりだ。玄関に出て真吾は李之助を迎えた。

「どうした」

真吾は玄関に出るなり言った。二日連続で来たからではない。李之助の表情がきのうと、というよりこれまでと違っていたからだ。

二人は奥の部屋に、文机をはさんで胡坐居になった。

「火急の用ですかな」

李之助が口を開く前に、真吾のほうから誘いかけるように言葉が出た。

「へえ。実は、また悪党退治で、その、手をお借りいたしたいと思いやして」

「ほう」

結論からさきに言った李之助に、真吾は聞く姿勢を取った。

話した。これまでの経緯を洩れなく話し、五郎太と三郎左という与太がすでに殺されたことをさいわいとするわけではないが、

「栄屋さんともみじ屋さんが、関わりになってこの年の瀬に煩(わずら)わしい思いをするのを防ぎ、庄吉どんにもこれ以上の負担をかけないためにも、強請も半纏の件

もなかったこととして……」

李之助は語った。

「ふむ、ふむ」

真吾は幾度もうなずきを入れ、

「なるほど、伊賀町での押込み未遂だけで終わらせれば、栄屋ももみじ屋も奉行所に呼ばれることなく、犯人たちも死罪は免れるだろうなあ」

「そういうことになります」

「つまり、悪党どもに改心の機会を与えてやることになるなあ」

「へえ、そのようにも」

李之助は返したが、そこまでは考えていなかった。真吾に言われ、初めてそこにも思い至ったのだった。

真吾はつづけた。

「防ぐかたちとしては、三月前にとなりに押し込んだ悪党どもを、源造親分に引き渡したときと似ているなあ。おもしろい」

諾意の表明である。

李之助は言った。

「こたびは、最初から源造さんはなにもかも承知し、端からこの捕物に加わっておりやす」

「ふむ、それは心強い。あったことをなかったことにするなど、あの人もけっこう話の分かる親分だ」

「へえ。だから、ここまでやれますので」

杢之助は返した。源造はいまごろ、麴町と八幡町での無縁仏への処理を見とどけ、くしゃみをしているかもしれない。

その源造も、つい先月、市ケ谷本村町で権三と又八という悪党の不意を襲い、お縄にしたときのことを思い起こしているはずだ。あのときも杢之助がそばにいた。だが、真吾はいなかった。代わりに源造は町の若い衆を多数動員したものだった。しかしこたびは、押し入って来る賊を相手にしなければならない。金兵衛の質屋のときと似ている。刃傷ざたになることは必至だ。町衆を動員するのは危険である。そのための、榊原真吾だった。

（バンモクめ、うまく話をつけているだろうなあ）

杢之助と真吾が手習い処の奥の部屋で話しているころ、源造は念じていた。

杢之助はさらに紙片の文面を話し、

「そういうことで、押込みは今月の二十日から二十五日までのあいだかと推測いたしやす」

「ほう。そうなるなあ」

と、真吾にも異論なく、

「それにしても杢之助どの」

と、文机をはさんだその視線に、杢之助はハッとするものがあった。

はたして真吾は言った。

「これから現場で差配するのは源造親分だろうが、一連のながれをみれば、やはり影の軍師はおぬしということになるなあ」

「いえ、そのような」

「あははは。この算段のとおりに進めば、左門町にはまったく波風なしということになる。さすがに左門町の木戸番人さんだ」

真吾は杢之助を見つめたまま、

「ともかく二十日までに、源造親分をまじえ、策を練らねばならんなあ」

「へえ。さっそくそのように」

杢之助は返した。

ふたたび麦ヤ横丁の通りに出た。

杢之助の表情に、やわらぎは戻っていなかった。市ケ谷本村町に不意打ちをかけたとき、杢之助は見張り役で終始外にいて、その挙措を源造に見られることはなかった。だがこたびの算段では、屋内で源造とずっと一緒にいることになるのだ。そこにどのような事態が発生するか分からない。

木戸番小屋に戻ってからも、心中が落ち着かない。ときおり焼き芋や荒物の買い物客の来るのが、いい気晴らしになっていた。

陽は西の空にかたむいたが、沈むにはまだ間がある。

外にカチャカチャと羅宇竹の音が聞こえ、

「おう、帰ったぜ。すっかり遅うなっちまったい」

松次郎の声に、

「ほんと、急がなきゃあ」

竹五郎の声がつづいた。

帰りがいつもよりかなり早い。

二人はすり切れ畳に腰を下ろし、

「まったくきょうはなにもかも予想外だったぜ。死体が濠端に上がったり、朝っぱらから源造に下っ引もどきに使われるしよ」

「すまなかったなあ」

　杢之助は返し、さらに松次郎が、

「そうじゃねえよ。左門町に関わりがあるってえから、俺ゃあ走って戻ったんだぜ。あとであそこの自身番に聞いたら、まったくの土左衛門でこっちにはなんの関係もなかったじゃねえか」

「そうだったよなあ。源造さん、なにを勘違いしたのか、身許の分からねえ土左衛門で、町の人は無縁仏でお寺に運んだって言っていたよ」

　そのあと町にながれたうわさを、松次郎と竹五郎は語っている。

　源造はうまくやったようだ。

「それよりも、きょうは早えじゃねえか。今年もそろそろかい」

「あっ、いけねえ。竹、行こうぜ」

「おう。そうだった」

　と、松次郎が腰を上げたのへ竹五郎もつづいた。

　〝そろそろ〟とは、餅つきの注文取りである。この時節になると、松次郎と竹五郎は毎年仕事から早めに帰って来て、左門町の一軒一軒、長屋のひと部屋ひと部屋をすべてまわる。そうすればいつごろから始めていつごろ終えるかおよその見当がつき、もち米を蒸すのも自前かお任せかを訊く。お任せは毎年清次の居酒屋と通りの中ほどの一膳飯屋が請け負っている。松次郎と竹五郎がそこまで気くばりをすれば、清次たちもそれだけ仕事の段取りがつけやすくなる。

「――ありがたいですよう、松つぁんと竹さんが引きずり餅をやってくれて」

「――うちも大助かりさね」

志乃は言い、一膳飯屋のかみさんも毎年言っている。

その一膳飯屋のかみさんが、

「杢さん、杢さん」

と、またけたたましい下駄の音を木戸番小屋にとどろかせたのは、夕刻近くだった。

「四ツ谷のお濠に、土左衛門が二つも上がったって！」

松次郎や竹五郎から聞いたのかと思ったら、

「四ツ谷のほうから来た、荷運び人足が言っていたのさ」

四ツ谷御門近くで、死体は殺しではなく、溺死の土左衛門だとながれている。源造の仕事は完璧（かんぺき）のようだ。

「あゝ、無縁仏として処理されるらしいよ」

と、李之助がそこまでしか知らないことに、一膳飯屋のかみさんは不満そうに帰って行った。


夜更けてから、きょうも清次はチロリを提げ、木戸番小屋の腰高障子を音もなく開けた。三日連続になる。

すり切れ畳の上で、きょう一日の話を聞いた清次は、ぬる燗になった湯飲みの酒をのどに流し込み、

「そこまで話は進みやしたかい。さすが李之助さん、うまく源造さんを動かしやしたねえ。あっしにはできねえ芸当でさあ」

「榊原さまも言っておいでだった。源造さんのことを、話の分かるお人だってなあ。儂もそう思うぜ。それよりも、ここまで話を進められたのも、おめえがここで居酒屋のあるじとしていてくれるからだぜ」

「またそれを言いなさる。李之助さんの口ぐせが、一つ増えやしたぜ」

「ともかくだ、儂はこれからしばらく、左門町を出たり入ったりしなきゃならねえ。留守居はよろしく頼むぜ。自然のかたちでなあ」

「心得ておりやす。したが、源造さんは山屋のほうにうまく話をつけなさるでしょうかねえ」

「まあ、あの人のことだ。あの手この手と使って、うまくやるだろう。それにしても五郎太と三郎左を殺(や)った盗っ人ども、どんな面をしてどこに隠れていやがるのか……」

　李之助の湯飲みがカラになった。

清次はチロリをそこにかたむけ、

「死体の流れ着いたのが麹町と八幡町なら、投げ込んだのはもっと上流のほう、牛込(うしごめ)御門のあたりかと思いやすが」

「おそらくな。あそこの神楽坂(かぐらざか)のあたりの町場に巣喰っていやがるのだろう。場所さえ分かりゃあ、こっちから打込んでやるのによう」

　李之助は満たされた湯飲みをまたあおった。

六

　翌日、十七日である。松次郎と竹五郎はきょうも四ツ谷御門の界隈だという。

きのうはあまり仕事ができなかったようだ。

「きょうからは午前中だけで帰ってくらあ」

「町内くまなくまわらなきゃなんねえから」

と、二人は左門町の木戸の前でいつもの仕草を取り、街道を四ツ谷御門のほうへのながれに入って行った。

『おっと、待ちねえ』

出かかった声を、杢之助はこらえた。源造へきょうあすにでも来るように、と言付けを頼もうとしたのだ。だが、

（微塵なりとも、巻き込んじゃならねえ）

思いが、出かかった声を胸中に引き戻した。

木戸番小屋のすり切れ畳の上に戻り、

（じっくりと待てる野郎たちじゃねえとしたら、昼間あわただしい日の夜……それが始まればすぐ）

杢之助は、日をできるだけ絞り込もうとした。

この日午前、源造は伊賀町の山屋に足を運んでいた。

御簞笥町の小間物屋を出れば、すぐのところである。

（山屋め、こんな近くで、もぐりの高利貸しをやりやがって）

いまいましさと同時に、

（そこへ押込もうたあ、味なことを考えやがる。どんなやつらか知らねえが）

と、小気味よさも感じながら歩を踏み、玄関前に立った。

源造が訪い（おとな）を入れると番頭の左次郎が、

「あっ、これは源造親分。また、なに用でございましょう」

困惑気味に腰を折り、すぐにあるじの銀右衛門も出て来て、

「これは親分さん、年の瀬のお見まわり、ご苦労さまにございます」

と、袖の下に一分金を包んだおひねりを入れようとした。ふらりと来た岡っ引へのおひねりにしては、高額である。やはり、うしろめたいところがあるのだろう。銀右衛門は脂（あぶら）ぎった赤ら顔で、いかにもやり手といった風貌で、左次郎は逆に青く痩せ型で、前掛はしているがお店者（たなもの）よりも遊び人に近い感じのする三十がらみの男だ。あと二人ほどいる若い配下も、左次郎に近い風貌であることを源造は知っている。

「おっと、きょうはそんなんで来たんじゃねえぜ」

源造は銀右衛門の手をはねのけ、

「この年の瀬の忙しいときによ、ここへ盗っ人どもが押し入るとのうわさを耳にしてなあ」

　さらりと言ったのへ、

「えっ」

「まことに!?」

　銀右衛門と左次郎は驚きの表情になった。

　源造が言うのでは、無理もないことだ。

「あゝ、ほんとうだ。それも単なるうわさじゃねえ。確かな筋からの聞き込みでなあ。それで、ちと相談がある」

　源造はなかば脅すように言った。

　話合いの場は、店先から奥の座敷に移された。左次郎も同席した。

「ここで待ち構え、一網打尽にしてえ」

「えっ、ここで？」

　と、源造の申し出に銀右衛門は難色を示したが、やはり盗賊は恐ろしいのか、屋内での張込みを受け入れ、さらに、

「奉行所の者が来たのでは目立っていけねえ。捕まえる前に逃げられちまわあ。

なんとしてでも屋内に引き入れ、そこで踏ん縛りてえ」

との算段も受け入れた。

もちろん、源造が屋内で張り込むのへ銀右衛門も左次郎も、狼狽と困惑を隠さなかったが、

「おめえら、俺がこの中に入っちゃまずいことでもあるのかい」

と、凄んだのへ、

「いえ、滅相もございません」

と、折れたのだった。

しかも銀右衛門たちは、一緒に張り込むのが奉行所の役人ではなく、めっぽう腕の立つ手習い処の師匠と、つなぎ役にしょぼくれた木戸番人の爺さんということに、かえって安堵を覚えたようだった。

帰り、

(やつらめ、やっぱり俺や奉行所の旦那らに、家の中に入られては困ることがあるようだ)

との感触を源造は得たものだった。

眉毛をひくひくさせ、つぶやいた。

「こいつは年の瀬に、一石二鳥の舞台が打てそうだぜ」

だが、頬はゆるんでいなかった。賊が幾人か分からないまま、いかに榊原真吾がついているとはいえ、自分も白刃の下をくぐらねばならないのが、こたびの策なのだ。だが、そのときの手柄は大きい。

午後、源造の姿は麦ヤ横丁の手習い処にあった。八ツ（およそ午後二時）を過ぎた時分である。裏庭に面した部屋で、杢之助も一緒だった。松次郎と竹五郎も帰って来て、餅つきの御用聞きに町内をまわっている。

源造は山屋での首尾を話し、念を押すように、

「バンモク、おめえは矢面に立たず、くれぐれも銀右衛門たちから目を離さず、手証になる品のありかを探っておくんだぞ」

「そのつもりだ」

このやりとりを、真吾は黙って聞いていた。

杢之助に必殺の足技のあることを真吾は知っている。一度目撃し、

「――おぉっ」

と、舌を巻いたことがあるのだ。だが、質さなかった。〝人はいろいろ〟なのだ。このときも、

（やはり杢之助どのは、自分のなにかを隠しているようだ）

感じていた。黙っていたのは、

（人にはそれぞれ都合もあろうから）

と、このときも思ったからである。

夜、清次はまた熱燗の入ったチロリと湯飲みをはさみ、すり切れ畳の上で杢之助と対座していた。このところ、清次も落ち着かないのだ。

「やはり、源造さんとおなじ場に立ちなさるか。杢之助さんの口ぐせをまねるわけじゃござんせんが、源造さんの目も、くれぐれも注意してくだせえ。節穴じゃござんせんから」

「分かってらあ」

杢之助は湯飲みを干した。

翌日だった。十八日である。

「おう、杢さん。餅つきは二十日から始めるぜ」

「また臼と杵の置き場所、よろしゅう頼まあ」

松次郎と竹五郎が言った。例年どおりである。

餅つきが始まると木戸番小屋は休憩小屋となり、夕刻には松次郎と竹五郎が餅つき道具一式を三和土に運び込んでいるのだ。杢之助は寝床にも困るほどで、それがまた嬉しいのであった。

簞笥裏の伊賀町でも、左門町とおなじで町内の若い衆が引きずり餅をして、その開始が左門町よりすこし遅れ、二十二日であることを義助が聞き込んできた。左門町の木戸番小屋にも、源造からつなぎがあった。盗っ人どもも、当然それを聞き込んでいるはずだ。伊賀町をぶらりと歩けば分かることだ。

（押し入るのは二十二日か二十三日）

杢之助は判断し、源造と真吾に伝えた。

嵐の前触れ

一

源造から、

——二体とも無縁仏にて処理落着
つなぎがあったのは、松次郎や竹五郎が木戸番小屋の横に臼(うす)を据え、町内の大工や左官たちと向こう鉢巻(はちまき)で餅(もち)つきを始めた二十日の午後であった。これで左門町も一挙に年末気分に入る。

だからひとしおであろうか。杢之助は濠(ほり)に死体となった二人に、

(まだ若えのに、どんな道を歩んで来たのか)

哀れさを思えてならなかった。

部屋の櫺子窓(れんじまど)からも湯気が入って来て、

「あらよっ」

「ほいしょ」

つき手にこね手のかけ声が聞こえてくる。いま杵（きね）をついているのは松次郎で、臼の中をこねているのはおミネのようだ。

まわりには、町内の住人が群れている。つき手やこね手がつぎつぎと変わり、この状態が大晦日（おおみそか）までつづくのである。

その喧騒のなかに杢之助もいる。左門町の住人と一体となり、

（ありがたいことよ。儂（わし）のような者が、このなかにいさせてもらってよお）

年の瀬は、それを杢之助が最も強く感じるときでもある。

「おうおう、松つぁん。初日から気張り過ぎて、途中でくたばらんようになあ」

「てやんでえ。これまでおれがくたばったことあったかい」

と、さっき松次郎と応酬（やりとり）し、木戸番小屋に戻って来て、

「ふーっ」

と、ひと息ついたところだった。

つなぎを持って来たのは義助だった。

源造に言われているのか、餅つきの横をするりと抜けて木戸番小屋にさりげな

く入り、一膳飯屋のかみさんもまったく気がついていないようだった。

「源造の親分がねえ、木戸番さんにこれを」

と、示した紙片に、〝処理落着〟の文字があったのだ。あまり上手でない、源造の直筆だった。源造は、杢之助の立てた策を、着実に遂行している。

「ふむ」

杢之助はうなずき、

「で、義助どんはこの内容、親分から聞かされているかね」

「もちろんでさあ。このために、利吉と一緒に自身番とお寺とを幾度も走ったのでやすから」

義助は応えた。源造はこの処理方を、義助と利吉にもある程度話しているようだ。それだけ、これまで頼りなかった二人は、親分の源造に信頼されはじめているのだろう。二人とも、山屋の〝一件落着〟には、大事な役割を担うことになっているのだ。

「それでねえ、うちの親分が」

義助は三和土に立ったまま話した。

「あした八ツ（およそ午後二時）過ぎに麦ヤ横丁の手習い処に行くから、木戸番さんも一緒に、と」

　最終打ち合わせのようだ。

　義助の帰ったあと、おもての威勢のいい喧騒のなかに、

「これはおもての藤兵衛旦那。栄屋さんもきょうですか」

　一膳飯屋のかみさんの声が聞こえた。きょうのもち米を蒸す量の相談に来て、そこへ栄屋藤兵衛も出て来たようだ。

「いえ、栄屋はあさってで。そのときはみなさん、よろしゅうなあ」

「そりゃあ町役さんとこの餅なら、みんな精魂込めて」

　おミネとおなじ長屋の大工の女房が返していた。

　一膳飯屋のかみさんがまた、

「で、きょうは藤兵衛旦那、どちらへ」

「あゝ。ちょいと木戸番さんと、話でもと思いましてなあ」

　藤兵衛の返す声が聞こえ、その影がすぐ、開け放した木戸番小屋の腰高障子の前に立った。冬とはいえ、餅つきのあいだは人の出入りが多く、腰高障子は開け放しており、暖を取るため焼き芋はやっていても、荒物は部屋の隅に積み上げたままである。

「さっき、下っ引の義助どんが来ていたのでは」

　と、藤兵衛はすり切れ畳に腰を下ろした。街道で、左門町の木戸から出て来る義助を見かけたようだ。おもてでは笑顔だったのが、木戸番小屋の敷居をまたぐと真剣な表情になっていた。

　麴町と市ケ谷八幡町の濠端に上がった死体の探索で、奉行所の同心が八丁堀に入って来るのを、杢之助が源造と結託して防いだことは藤兵衛も知っている。

「――源造さんが尽力して、防いでくれましたから」

　と、杢之助が藤兵衛にそっと告げたのだ。

　だが藤兵衛は、あの書付がそのままで収まらないことを感じ取っている。そこへ義助が木戸番小屋に来たのだから、他の住人と違って見逃せないものがあったのだ。

　杢之助はすり切れ畳の上で胡坐のまま居住まいを正し、

「はい。無縁仏で落着した、との知らせでやした」

「ふむ」

　藤兵衛はうなずき、

「で、あの紙切れにあった件は」

上体を杢之助のほうへねじり、声を落とした。

開け放した木戸番小屋の中で、昼間から極秘めいた話をしているなど、誰も思わないだろう。

松次郎とおミネのかけ声がまだつづいている。部屋の中で、杢之助の声がそこに重なった。

「どうやら悪党の符牒のようで、源造さんが読み解き、別個の事件としてかたづけるようですよ」

「悪党の符牒？　それじゃ……」

「おっと、藤兵衛旦那」

さらに言葉をつづけようとした藤兵衛を、杢之助はさえぎり、

「そりゃあ儂も木戸番人として合力しますじゃ。それに手習い処の榊原さまも、ちょいとお力を貸してくださるそうで……」

「えっ、榊原さまも？」

藤兵衛は上体をねじったまま、杢之助に視線を合わせた。

杢之助は応えた。

「この件、左門町とはまったく切り離していまさあ。ですからあの符牒は他の町

のこととして、知らないほうがいい場合もありまさあ。ただ、儂も榊原さまもしばらく町を出たり入ったりしますので、左門町の町役さんとして、これだけお含みおきくだせえ。この番小屋の留守居は清次旦那に按配を頼むつもりでやすが、藤兵衛旦那もよろしゅうお願いいたしやす」

「杢之助さん、あんたっていうお人は……」

藤兵衛は杢之助の皺を刻んだ顔を見つづけた。かつての経緯もあり、深く感じるものがあったようだ。

「おっと、知らねえほうがようござんす。儂は源造さんの手伝いを、ほんのすこしするだけと思ってくだせえ」

さらに言葉をつづけようとした藤兵衛の先手を打つように杢之助は言った。

藤兵衛は、なおも杢之助を凝視しつづけている。

「あらら、栄屋さんの旦那。まだいらしたんですか」

声とともに三和土へ入って来たのは、一膳飯屋のかみさんだった。かみさんのほうこそまだいて、餅つきの横でお喋りに興じていたようだ。

藤兵衛もなかなかしたたかで、この瞬間に険しい表情は消え、いつもの柔和さが戻っていた。

「あゝ、忙中に閑を求めましてな。そうそう、木戸番さんに話すのを忘れるところでした。わたしの商舗では長年番頭を置かず、わたしがすべて仕切っておりましたが、来年早々に手代のなかから一人番頭に、小僧のなかから一人手代に上げることにしましてな」

「えっ、ほんとうで？」

杢之助の頬がゆるみ、

「あ、分かった。お手代の佐市さんが番頭さんに、小僧さんでは平太さんがお手代に？」

一膳飯屋のかみさんが言った。佐市や平太の働きぶりは、町の者もよく見て知っている。一膳飯屋のかみさんはさらにつづけた。

「よかったですよう。ずっとまえにご新造さんの葬式を出し、そのとき番頭さんも前後するように亡くなられ、それ以来ずっと栄屋さんたら後妻も娶らず番頭さんも置かずで。みんなでねえ、栄屋さん、衝撃だったことは分かるけど、いつまで引きずっていなさるんだろう、律儀にも程があるのにって、話していたんですよう。それが来春早々に、へーえ、やっと踏ん切りつけられましたか。そうそう、だったらこんどは後妻さんですねえ。なあになあに、これには歳など関係ありませんからねえ」

言うなりくるりと向きを変え、敷居を飛び出そうとした足をとめ、

「そうそう、杢さん。さっきそこで麦ヤ横丁の人から聞いたのだけど、手習い処のお師匠、仕官が決まったって？　それを確かめようと思って」

「えぇっ」

声を上げたのは藤兵衛だった。いましがた、榊原真吾も杢之助と一緒に源造に合力すると聞いたばかりである。

「あゝ、そのうわさならちらと聞いたが、やっぱりほんとうだったんだねえ。詳しくは知らねえ」

「なあんだ。こんどちゃんと聞いておいておくれよね」

言うと敷居を飛び越え、威勢のいい餅つきの声に、

「ちょいとちょいと、新春から街道おもての栄屋さんさあ」

一膳飯屋のかみさんの声がまた混じった。

木戸番小屋の中で、杢之助はホッとした表情になり、

「さっきのおかみさんじゃござんせんが、ようやく踏ん切りをつけられやしたか。儂も嬉しいですぜ」

「あゝ、おかげでねえ。李之助さんにはほんとうに」

「おっと、話しちゃいけやせんや」

李之助と藤兵衛にのみ分かる会話である。

藤兵衛は無言でうなずき、

「いやあ、実はこの話。年明けにここで話すつもりだったのですが、あのおかみさんが不意に来て、つい洩らしてしまいましたわい」

「あははは、今年はあとわずか、おなじことでしょう。榊原さまの件も、つい最近持ち上がったようで。あの旦那、言っておいででしたよ。こたびの合力が、この町への最後の恩返しになるかなあ、と」

「恩返し？　榊原さまらしい言い方ですねえ」

「いかにも」

李之助は返した。

栄屋藤兵衛が木戸番小屋に立ち寄るのは珍しいが、それは藤兵衛が以前の経緯から、自粛してのことだった。

餅つきの音とかけ声は間断なくつづいているが、松次郎や竹五郎の声がない。ひと汗かき、湯屋に行ったようだ。一膳飯屋のかみさんも夕の仕込みか、もう声は聞こえなかった。

杢之助はすり切れ畳に胡坐を組んだまま、

（そうか。藤兵衛さん、やっと心にひと区切りつけなすったか）

思うと、自分まであのときの殺しからようやく解放された気持ちになり、気の落ち着くのを感じた。

真吾も元の藩に請われ、年明けの早い時期に帰参する。めでたいことである。

（よーし、儂もこたびの事件、左門町にまったく波風の及ばねえように落着させて見せまさあ。来春からは、一層この町に溶け込ませてくだせえ）

念じる心に、左門町の住人たちの声が重なっている。いずれも聞きなれた衆の声である。

二

二十一日である。午後には真吾と源造と杢之助が、手習い処で最後の打合せをすることになっている。

箪笥（たんす）裏の伊賀町では、あした二十二日から餅つきが始まる。打合せと言っても、これから三人が山屋に詰めるのだ。話し合う機会はふんだんにある。きょうは日にちを確認するだけのことになるだろう。

実際そうだった。

あの裏庭に面した部屋で三人がそろい、話といえば源造が、

「それじゃあしたから、町の木戸が閉まる前に山屋へ入ってくだせえ。あっしがさきに行って待っていまさあ」

と、言ったのへ、真吾と杢之助が承知するだけだった。

盗賊にとって町々の木戸など、音もなく乗り越えるのは困難なことではない。それは杢之助が一番よく知っている。それに目標を定めた盗賊なら、木戸が最も少ない道順を調べているはずである。

早ければ、餅つき初日のあしたにも押込んで来るかもしれない。待ち受ける者の、最も望むところである。山屋に詰めるのが長引いても、せいぜい二、三日で、四日と出ないだろうというのが杢之助の見方であり、真吾も源造も納得している。

ひと晩待ちぼうけを喰えば、帰るのは木戸の開く日の出のころになる。源造は言ったものだった。

「なあに、左門町の木戸の開け閉めは、清次旦那にお任せするか松や竹にやらせ

るか、それはバンモクに任せらあ。少々留守にするのは、岡っ引の俺がいいってんだから問題はねえ」

さらに真吾が、

「事前にそやつらの居場所が判れば、こちらからきょうにでも不意打ちで、一網打尽にできるのだがなあ」

と、言ったのへ、源造は返したものだった。

「それじゃ旦那、盗っ人を押さえたことになりやせんや。入る算段だけじゃ罪にはなりやせんからねえ」

と、源造はあくまで盗みに入らせて押さえ込むことにこだわった。なるほど、ただの胡散臭い悪を押さえただけじゃ、盗賊を押さえたことにはならず、それに第一、そやつらの隠れ家が源造の縄張内にあるとは限らないのだ。

「なるほど」

真吾はうなずいていた。

それだけの話で杢之助が左門町に帰ってくると、木戸番小屋は餅つき手伝いの女衆が上がり込み、お喋りの場となっていた。おミネもいた。

「ほうほう、これはまた楽しそうなことで」

股引に地味な着物を尻端折に、いくらか前かがみになって敷居をまたいだ杢之助に、

「あらあら、杢さん。早いお帰りだったのねえ」

おミネが腰を浮かせたのへ、女衆の一人が、

「あれれ、ご亭主のお帰りだわね。それじゃあたしらはこれで。ああ忙しい、忙しい」

「そう、そうよねえ」

「みんな、なにをわけの分からないこと言ってるのよ。あたしも」

女衆がそろって腰を上げ、三和土に下りて下駄をつっかけたのへ、おミネもあとを追うように下駄に音を立てた。

町内の女たちはおミネをまじえ、そんな話をしていたようだ。

「どうしなすったね、みんな。もっといてもいいんですぜ」

杢之助は言いながらそれらの背を見送ったが、やはりその目には、洗い髪をうしろで束ねただけのおミネの背のみが映っていた。同時に、

（すまねえ、おミネさん）

また胸中に詫びていた。

外からは、なおも餅つきの音が聞こえていた。

まだ杢之助が手習い処で真吾、源造と膝を交えていたころ、簞笥裏の伊賀町の山屋では、奥の座敷で亭主の銀右衛門と番頭の左次郎が、膝がすれ合うほどに向かい合って座していた。左次郎が銀右衛門に、詰め寄っているようだった。

「旦那さま、そうはおっしゃいますが、岡っ引がわざわざ知らせに来て、張り込むとまで言っているのですよ。ほんとうかも知れません」

銀右衛門は、源造が最初に訪いを入れた日、

「――あの岡っ引め、どこかで山屋のあらぬうわさを聞きつけ、泊まり込んで内情を探ろうとしているのに違いありません。盗っ人が入りそうだなどと、口実かもしれません。まったく手の込んだことをしなさる」

などと言っていたのだ。

そこを左次郎が、

「――お言葉ですが、十日以上も前になりますが、遊び人のような客がかなり高価な簪を持ってまいりましたが、怪しいと思ってわざと安い値をつけ、お引き取りを願ったことがありました。いま考えれば、あのお客、最初から質入れする

気はなく、山屋のようすを探りに来たような気がします」

と、喰い下がったのだった。

二人だけのときでも伝法な口調にはなっていない。以前は金兵衛とおなじまっとうな将棋の駒の定質だったのかもしれない。それが欲に目がくらみ、横道にそれたのだろうか。そういうのこそ与太よりも冷酷で、かつ巧妙で尻尾を見せず、お上にとっては始末に悪い存在なのだ。

いまも左次郎は、

「旦那さま」

と、喰い下がっている。

「源造さんたちが泊まり込むというのは、あしたからですよ」

「ふふふ。おまえがあんまり言うものだから、一応用心はしておきましょう」

「どのように」

「見られて困る書付や証文などは、すべてこの部屋に集めましょう、裏帳簿も。それでここを詰所に使わせるのです」

「えっ、そんなら」

と、左次郎は床の間に視線を投げた。

「そうです。そこに隠すのです」

銀右衛門は腰を上げると床ノ間に近づき、床柱の下のほうにある節の部分を親指で強く押した。

――コトッ
音がした。床柱のすぐ下の床板が、指がかけられるほどに浮き上がった。銀右衛門は指をかけ、引いた。なんと一尺（およそ三十糎）ほどの板が蓋になっていた。その部分に隠し戸棚のようなものが切られているではないか。千両箱が一つ入りそうな大きさだが、小判は入っておらず、帳簿のようなものが入っている。裏帳簿であろう。

「裏稼業の貸付に関するものは、すべてここに仕舞うのです。さあ、早く用意をしなさい」

「は、はい」

左次郎は腰を上げ、おもての帳場に急いだ。

「ふふふふ」

座敷に残った銀右衛門は不敵な嗤いを洩らし、立ち上がると床ノ間の掛け軸をめくった。山水の地味な風景画の掛け軸だ。その裏側の壁にも小さな隠し棚があった。数枚の書付と帳簿が入っている。こっちが表帳簿だろう。

つぶやいた。

「下の隠し戸棚から、目をそらすためですよう」

なるほど盗っ人が入って部屋を物色しても、岡っ引が調べても、掛け軸の裏に隠し棚を見つければ、してやったりとばかりに、かえって床柱の仕掛けは見落とすことになるだろう。その仕掛けのある部屋を、源造たちの詰所に使う。大胆というか、巧妙である。

三

二十二日、その日が来た。

夜になる前から異常があった。

いつもなら松次郎が天秤棒を肩に、竹五郎が道具箱を背に木戸番小屋へ声を入れ、左門町の木戸を出る時分である。職人姿はいつものとおりだが、

「おう、杢さん。きょうもまた始めるぜ」

「いつも物置にしてすまねえ」

二人は餅つき道具一式を外に出し、清次の居酒屋と一膳飯屋では、もち米を蒸す用意を始めている。

「おうおう、きょうも気張りねえ」

杢之助は二人に声をかけ、街道に出た。気のせいか、朝からあわただしさが増している。

清次も出てきた。片側たすきに前掛姿で、湯飲みを載せた盆を自分で運んで来ると、杢之助と一緒に縁台に座った。

「藤兵衛旦那には助かりまさあ。逆におミネさんは残念がっていやしたがね」

低声を這わせた。声は街道を行く下駄の音や大八車の音で、あたりにはかき消されている。

今夜から幾日か、杢之助は夜だけ木戸番小屋を留守にする。伊賀町の木戸番人の爺さんがひどい風邪で親族に引き取られ、源造の口利きでしばらく杢之助がそこへ助っ人に入ることになった……ということになっている。

その留守居を藤兵衛が、

「――栄屋の佐市と平太を交替に出しましょう。なあに、番頭と手代に就かせるための、町へのお披露目ですよ」

言ったのだった。

（だったら、あたしが留守居役を）

と、思ったおミネは陰で、

「――ん、もう。あの旦那、余計なことを」

と、かたちのいい鼻をふくらませたものだった。

縁台で杢之助は言った。

「つまり藤兵衛旦那も、なにがしかのかたちで助けようと思ってくだすっているのだ。ありがてえことだ」

「そのようで」

清次は返した。

木戸の内側では、そろそろ自前で蒸した蒸籠を、

「わあ、熱い熱い。手伝ってえ」

と、おかみさんたちが一人、二人と抱えて来はじめていた。毎年変わらない、年の瀬の町の風景である。

異常は午ごろ、簞笥裏の伊賀町で起こっていた。

「きょうからあそこでも引きずり餅が始まらあ。よそ者が紛れ込んで山屋を窺っ

ているやつがいねえか、ふらりと行って見て来い」

源造に言われ、義助と利吉は簞笥裏の伊賀町に出向いていた。二人は源造から概略を聞かされているだけではない。土左衛門で処理された五郎太と三郎左の面を知っていたうえに、その二人に半纏を置き引きされた男の風貌を、〝お店者とも遊び人ともつかない、みょうな感じの男〟と、茶汲み女たちから聞かされているのだ。

来ていた。その〝お店者とも遊び人ともつかない〟雰囲気の男が、似たような連れと一緒に、餅つきをしているすぐ横をさりげなくすり抜け、山屋の前から裏手の勝手口への路地をのぞき込んだではないか。確信は持てないが、そうした雰囲気の者はざらにいるものではなく、繁華な街でない所では、それだけで目につくものである。

義助と利吉は、

「よし」

と、うなずきを交わした。これが手慣れた岡っ引や下っ引なら、組になってそやつらを尾け、居どころを突きとめるだろう。だが義助と利吉は心ノ臓を高鳴らせ、冷静な判断を失っている。利吉一人が男たちを尾け、義助は源造に知らせるべく、伊賀町ではさりげなく歩を進めたが、御箪笥町に入るなり駈けて源造のいる小間物屋に飛び込んだ。

事態を聞き、源造はまた怒鳴りかけたのをこらえ、

「そうか、来ていたか。おめえら、よく見分けをつけたものだ」

と、ひとまず褒め、

「動くな。ここで待つのだ」

指示した。義助は怪訝な顔になった。源造が勢いづき、すぐさまどっちだと小間物屋を飛び出すと思っていたのだ。それを源造は読み取ったか、

「ふふふ、義助よ。いまから走っても利吉がどこへ向かったか分かるめえ。こういうときは、利吉の戻って来るのを凝っと待つものだ。相手は逃げているのではなく、塒に帰っているだけだろうからなあ」

「あっ」

と、その措置に義助は得心の声を上げた。

源造の、二人に対する本格的な下っ引教育が始まったようだ。松次郎と竹五郎を取り込もうとするのは、もうあきらめたのかもしれない。

待つほどのこともなかった。利吉が御箪笥町に戻って来た。肩を落としたよう

すから、見失ったことが看て取れる。

「どうだった。そいつら、どっちへ向かった。まさか、覚られたんじゃねえだろうなあ」

源造は訊いた。覚られていたら一大事である。盗っ人どもは警戒し、予定を先延ばしするか、あるいは押込み先を変更するかもしれない。

「いえ、その、見失いやして」

源造は聞いて怒るよりもホッとし、

「で、どこで」

「へえ。四ツ谷坂町を過ぎ、御先手組の組屋敷に入ったところで……あのあたり、武家地で人通りがほとんどねえもんで、間合いを取ってつぎに角を曲がると、へえ、姿が、消えておりやして……」

「そうか、よし」

源造はうなずいた。これには利吉のほうが面喰った。てっきり雷が落ちると、おどおどしながら戻って来たのだ。

それらしい野郎たちが、簞笥裏の伊賀町に来たのだ。

(間違いなくきょうから引きずり餅を始めているかどうか)

確かめに来たのだろう。不審な二人が帰った方向から、その者たちの塒はやはり外濠上流になる神楽坂のあたりかもしれない。そこで五郎太と次郎太を殺害して濠に投げ込んだとすれば、死体の上がった場所も辻褄が合う。

いよいよ源造は、切羽詰まったものを感じた。

このことは、義助が左門町に走り、杢之助に伝えられた。引きずり餅が始まってから二、三日以内とは、杢之助の見立てなのだ。


夜になり、左門町の通りに静けさが戻った。

五ツ（およそ午後八時）近くになった。この時分に清次の居酒屋に客足が絶えるのは、普段と変わりがない。

いつもは軽やかな下駄の音が、きょうはいくらか重そうだ。おミネだ。提灯の灯りが腰高障子に近づき、

「杢さん、きょうはお疲れさま」

開いた。三和土には餅つき道具一式が置かれ、足の踏み場もないほどだ。

「おミネさんのほうこそ大変だったろう。これからしばらくつづくなあ」

「えゝ、お店の仕事に餅つきの手伝いと」

言いながらおミネは臼を除けるように三和土に入り、

「杢さん、今夜から簞笥裏の伊賀町なんでしょう。気をつけてくださいねえ」

「あゝ、いまから行くところだが、その前にこっちの町をひと回りしなくちゃならねえ。すまねえがおミネさん、戻るまでちょいと見ててくんねえか。七厘に炭火がまだ残っているからよう」

言いながら杢之助は拍子木の紐を首にかけ、提灯を手に外へ出た。

「もおぅ」

背におミネの声が聞こえた。

町内を一巡し、戻って来ると灯りはあったが、おミネはいなかった。

「おミネさんが留守居をしてましたねえ。さっき交替したばかりです」

と、すり切れ畳の上で杢之助を迎えたのは、栄屋の手代・佐市だった。あと数日で番頭になる。

「それじゃあよろしゅうお頼みいたしやす」

と、木戸の開け閉めの時間に念を押し、杢之助はまた頰かぶりをし、提灯を手に外へ出た。腰高障子を閉めるのに、故意に音を立てた。

街道にはまだ提灯の灯りがいくらか揺れている。向かいの麦ヤ横丁へ街道を横

切ろうとすると、

「気をつけなすって、李之助さん」

清次の声だ。李之助はふり返った。いまからでも、

『一緒に来ねえ』

と、声のかかるのを待つような呼びとめ方だった。

「ここで、どんと構えていてくんな」

「へ、へえ」

先手を打たれ、清次の落胆したような返事を背に、李之助は麦ヤ横丁に入った。

手習い処では真吾がすでに用意をし、待っていた。用意といっても、大刀を腰に帯びるだけである。

となりの金兵衛には、源造に頼まれ数日夜だけ留守にするからと伝えている。

「――ご苦労さんでございます」

金兵衛は言っていた。源造の依頼というから、年の瀬のなにかの警戒かと解釈し、かえって安心しているようだ。

李之助の提灯に真吾が歩を拾っている。

夜の街道は、ことさら静かだ。李之助は草鞋(わらじ)を履いて来た。真吾と闇走りをす

るのは、おそらくこれが最後だろう。いかに〝人はいろいろ〟といえど、下駄に音の立たない理由を訊かれるのを恐れ、わざわざ草鞋にしたのだ。

暗い街道に歩を踏みながら、昼間、義助が来たことを話題にした。真吾のところにも行っていた。

「義助も利吉も下っ引らしくなってきたなあ。その二人が盗賊の仲間というのは間違いないだろう。おそらく引きずり餅の確認に来て、入るならさっそくきょうと決めてくれれば助かるのだが」

「へえ、そのとおりで」

真吾が言ったのへ、杢之助は返した。

御箪笥町への枝道(えだみち)に入った。抜ければ伊賀町である。

四

山屋では、

「これは榊原の旦那、お待ちしておりやした」

と、源造がさきに来て待っていた。腰に一本、脇差を帯びている。珍しいことだ。源造の意気込みが、そこにも看て取れる。

　亭主の銀右衛門と番頭の左次郎も玄関に出て二人を迎えたが、真吾と李之助を値踏みするような目つきだった。来たのが、お上とはまったく縁のなさそうな百日髷の浪人と、前かがみになった地味な木戸番人の爺さんだったことに、銀右衛門と左次郎は安堵の息をついたようだ。だが口数は少なく、無愛想なことに変わりはなかった。行灯と手燭の灯りだけのせいもあったろうか、二人は真吾の精悍さを見抜けなかったし、李之助もわざと年寄りじみた所作をしていたのだ。

　奥の座敷に案内された。床柱と床板に仕掛けのある、あの部屋である。

「ここを詰めの間に使ってくださいまし。わたしらは奥におりますので」

と、銀右衛門は早々に退散し、左次郎もお茶を出しただけですぐ下がった。できるだけ対話するのを少なくしようとしているようだ。ほかに若い衆が二人に飯炊きと掃除の婆さんがいるはずで、奥に気配は感じるのだが一度も顔を出さない。接触されるのを警戒し、おもてに出さないようにしているようだ。

　部屋には行灯が灯り、雪隠に行くときのために手燭の用意もある。箱火鉢には炭火が煌々と燃え、菓子類も出されており、部屋の隅には掻巻など仮眠用の夜具も置かれている。

三人は箱火鉢を囲んだ。

「どう思いやす、旦那。お気づきでやしょう、バンモクもよう。やつら、店の者が俺たちに接触するのを警戒しているのでさあ。やはりこの質屋、叩けばほこりが出やすぜ」

源造が声を落として言ったのへ真吾も、

「そのようだなあ」

声を低め、杢之助は無言でうなずいた。

市ケ谷八幡の打つ時ノ鐘が、左門町よりもはるかに大きく聞こえる。捨て鐘が三つ鳴り、つぎに四回、町々の木戸が閉まる刻限である。

「栄屋さんの佐市どん、閉めてくれたかなあ」

「案ずることはない。あの者ならしっかりしているから、朝も刻限にはちゃんとやるだろう」

杢之助と真吾が話しているところへ廊下から、

「夜食にソバをお持ちいたしました」

番頭の左次郎の声が聞こえ、襖(ふすま)が開いた。

「手代を一人、おもての店場のほうに配置しておきました。怪しい物音が聞こえれば、すぐお知らせに参るはずですので、よろしゅうお願いいたします。裏手のほうには手前どもがおりますので」

丁寧に言うと、やはりすぐに退散した。

左次郎は緊張した面持ちだが、明らかに盗賊防御に来た三人を敬遠している。〝手代〟と言っていたが、その二人を源造は来たときに見ているが、杢之助と真吾は、いる気配はあってもまだ一度も顔を合わせていない。

「俺はひと目で感じやしたよ。こいつら取立て屋だな、と。顔つきもそうでやすが、どういうか、全体の雰囲気にそういう臭いがするんでやすよ」

源造は〝手代〟二人について語った。岡っ引の勘というものであろう。

ソバを食べ終わり、盆を廊下に出すと、

「さあ、これでしばらくこの部屋には誰も来るめえ」

と、源造は腰を上げ、薄暗い行灯の灯りのなかに、飾り棚や長押（なげし）のあたりを物色しはじめた。真吾がついているせいか、盗っ人への用心よりも山屋の内情偵察のほうに興味を示している。

飾り棚には文箱（ふばこ）や筆、硯（すずり）などのほか目串（めぐし）を刺すべきものはなにもなく、

「うーむ」

部屋の中を見わたし、床ノ間に足をかけ掛け軸をめくった。

「おっ、これは！」

隠し戸棚を見つけた。杢之助も真吾も緊張し、腰を上げた。

「野郎、こんな見え透いた仕掛けをしていやがったか」

と、源造は書類の入った文箱を引っぱり出し、行灯のそばに置いた。真吾が、

「ふーむ。これは怪しい」

手を伸ばしたのへ源造は、

「おっと、旦那。半纏に縫い込んであった書付とおんなじでさあ。見た形跡を残さねえようにしなくちゃなりやせん」

言うとまず一枚をそっと手に取り、広げて行灯にかざした。単なる質草の受け証だった。つぎもそのつぎも、刀、骨董、着物、帯と、品は違ってもいずれ質屋なら当たり前の書面ばかりで、書付の下にあった帳簿もまともで、怪しむべきものはなにもなかった。

「なんでい、こんなものを勿体ぶったところに置きやがって」

源造が不満そうに言ったのへ真吾は、

「みょうな質屋だなあ。こんなものをかような所へ隠すようにしているとは」

首をひねった。李之助も同感だった。

その李之助の手に、軽く触れるものがあった。髪の毛だ。自分の髪が落ちたのでないことは、感触があった瞬間に分かった。はじめから書付に付着していたのだ。それが畳に落ちた。帳簿にも、それはあった。元どおりにするのは、もう不可能だ。

（なるほど）

李之助は直感した。源造たちが見たかどうかを確認するために、銀右衛門たちが細工した……。ということは、隠し棚にしまうときから、置いた位置、角度を定めているはずだ。源造がきづかず元どおりにしまっても、微妙にずれていることだろう。

李之助には、文箱をほくそ笑みながらこの隠し棚に収めている銀右衛門と左次郎の姿が目に浮かんだ。だが、それを口にすることはなかった。

「まったく見え透いた細工をしやがって」

源造は言いながら不機嫌そうに文箱を戻し、

「この部屋には、もうなにもあるめえ。だから俺たちをここに」

と、床ノ間から下りた。

「ん？」

源造のふてくされた言葉に、杢之助はハタと思うものがあった。

（目くらまし）

である。見つけやすい掛け軸の裏に、故意に表帳簿を隠すようにしまい、わざと詰所に提供している。

（ということは……）

箱火鉢に手をかざしたまま、杢之助はあらためて部屋の中を見まわした。行灯一張（ひとはり）の灯りでは、部屋の細かいようすは分からない。三人で立ち上がって嗅ぎまわれば、奥の銀右衛門らは気づき、またほくそ笑むことになるだろう。自分の胸だけに収め、

「儂はちょいと仮寝（かりね）をさせてもらいますじゃ」

と、部屋の隅で掻巻をかぶり、ごろりと横になった。

その後、仮眠は順にとった。

義助と利吉はすぐ近くの自身番に入っていた。ときおり提灯を手に、町内に白い息を吐いていた。もしもの場合の役割は、源造から言われている。それなりに大事な役目である。伊賀町の町役たちには源造が、

「――ちょいと思うところがありやして、いえ、なあに、迷惑はかけやせん。ただ、いるだけでやすから」

と、話しをつけている。

町役たちは訝ったが、下っ引の義助と利吉だけならお茶を出す程度で手間はかからない。当然、理由を訊いたが、義助と利吉はなにも語らなかった。

「――山屋を見張っているなど、決して口にするんじゃねえぞ」

源造にきつく言われているのだ。山屋を探索しようとしていることも、盗賊を警戒していることも、うわさになればそれだけで伊賀町は騒ぎになり、帳簿の探索にも盗賊への警戒にも支障を来たすことになるだろう。

この夜、番頭や手代が座敷に駈け込むこともなく、東の空が明けた。

「今夜もまたお越しを、お待ちしております」

と、玄関先で銀右衛門と左次郎に見送られ、三人は山屋を離れた。山屋では待遇は冷淡だったが、やはり盗賊が入るかもしれないとなれば、

『もう来ていただかなくてもけっこう』

などとは言わなかった。

左門町では刻限通りに木戸が開き、長屋の喧騒はすでに始まり、佐市が木戸番

小屋で待っていた。

　長屋の路地からも、

「おぉう杢さん、帰ったかい。どうだったい、向こうの木戸番小屋は」

「風邪引きの穴埋めに行って、風邪などもらって来ねえようになあ」

　大工が声をかけてきたのへ左官屋がつないだ。きょう午前中は仕事に出かけ、午後には帰って来て松次郎と竹五郎の手伝いをすることになっている。

　麦ヤ横丁では真吾がふたたび仮眠を取ってから、何事もなかったように手習い子たちを迎え入れはじめたころ、

「おう、杢さん。臼と杵だ」

「きょうもおもてを騒がせてすまねえ」

　松次郎と竹五郎が木戸番小屋に入って来た。

　三和土がいつものようにさっぱりとかたづいた。

　すぐに外から威勢のいいかけ声とともに、杵をつく小気味のいい音が聞こえてきた。三和土の七厘には炭火が入っており、杢之助はうつらうつらとしはじめ、搔巻をかぶって横になった。杵の音が子守唄のように聞こえる。

　三和土に誰か入って来たような気配を感じた。

「李さん、大丈夫？　あらあら、掻巻一枚じゃ」

おミネの声だ。

すり切れ畳に上がって来て、李之助が外に出るとき着けている厚手の袷の半纏を胸のあたりにかけ、

「よその町の助っ人まで、もう、李さんは人がよすぎるんだから」

つぶやくように言うと、そっと出て行った。

李之助は聞いていた。

（よその町への、助っ人などじゃございません、おミネさん）

胸中につぶやいた。

うすく目を開け、杵の音を聞きながら、

（この左門町の平穏を護るためにゃ、伊賀町のほうをかたづけなきゃならねえのでさあ）

思うと、いくらか胸の高鳴りを覚えた。李之助にとっては、大事なここ数日なのだ。

だがすぐ、ついているのは松次郎か竹五郎か、杵の音がふたたび李之助を仮眠のなかに誘った。

二日目の夜も、箪笥裏の伊賀町に異変はなかった。銀右衛門と左次郎が、言葉遣いや挙措こそ商人然として丁寧であったが、杢之助たちを敬遠し、店の者を接触させないようにしているのに変わりはなかった。

だが、杢之助にとって異常があった。

昨夜源造は、〝この部屋には、もうなにもあるめえ〟と言っていた。

（だから、あるのさ）

杢之助はひと晩、行灯の灯りのなかに目を這わせつづけた。

床柱の下のほうに節があるのを見つけた。

そっと触れてみた。ほんのすこし、異質を感じた。

（なるほど、いい仕事をしてやがる）

杢之助は直感した。

白雲一味を名乗っていたころ、押し入った先で似たような仕掛けを見たことがある。節ではなかったがかすかに突起した部分を押すと、そこに隠し戸棚が切られており、帳場や倉には少なかったが、そこから五百両ほど出てきた。副将格の杢之助は頭と話し、三百両だけ頂戴し二百両は災難に遭った店の立ち直り資金にと奪わずにおいた。

それを思い出したのだ。そのときの細工を、源造にはむろん真吾にも話しにくい。代わりに、

（これをいつ開けるか）

算段した。

（入られたとき、どさくさに紛れ賊が見つけたようにつくろい）

中が小判ならそのままに、書付なら奪ってあとで源造に……と、一応の目算を立てた。

夜明けを迎え、この日も銀右衛門と左次郎だけが店の外まで出て杢之助らを見送り、銀右衛門が揉み手をしながら、

「今宵も来て宿直をなさいますか」

「盗賊はいつ入るか分からねえからなあ」

源造が応えたのへ、

「さようで」

と、左次郎ともども、困惑の色を表情に走らせた。

山屋の町に引きずり餅が始まって三日目になる朝、ともかくふた晩目の宿直を終えた。だが、まだ二十四日である。異変は杢之助の膝元のほうにあった。

五

左門町の朝はすでに始まっていた。木戸番小屋には小僧の平太が杢之助の帰りを待っていた。平太は、年が明ければ手代である。

餅つきも始まり、杢之助はきのうとおなじで、杵の音に幾度かうつらうつらとし、その午過ぎである。飲食の店ではまだ書き入れ時がつづいていた。手習い処でもまだ手習いは終わっていない。杵の音とともに聞こえて来るのは、聞きなれた左門町の住人たちの声である。

そこに混じって、

「きゃーっ」

女の悲鳴、おミネさん！　杢之助は跳び上がった。

下駄をつっかけおもてに駈け出ると、餅つきの面々はすでに街道へ走り出ていた。清次の居酒屋の前である。街道の往来人は足をとめ、大八車を牽いていた者までとまり、野次馬が集まりかけている。

百日髷の浪人が二人、抜刀していた。

「あぁぁぁ」

おミネが棒立ちになっている。

さきほどである。店の中は混んでいた。浪人二人が刀を腰からはずさず、帯びたまま樽椅子（たるいす）に座っていた。鞘（さや）がうしろに突き出て、飯台と飯台のあいだの通路をふさいでいる。浪人二人の品のなさそうな面貌から、志乃とおミネは互いに目配せをし、盆を運ぶのにぶつからぬよう気をつけていた。だが、書き入れ時だ。おミネの足がつい、

「あ、相すいません」

触れてしまった。

浪人の反応は速かった。樽椅子から立ち上がるなり、

「おい、女！　武士の刀にぶつかって、その謝り方はなんだ！」

「さよう。土下座をして謝れ！」

「あぁぁ、ちょいと触れたようですねえ。申しわけありません。あたしからも謝りますから」

志乃がすかさず駈け寄って頭を下げたのへ、横の飯台に座っていた四人連れの職人たちが、年の瀬で気が立っていたのだろう、

「土下座？　さっきからその刀、俺たちにもじゃまだったんだぜ」

「そうよ」

「なに！」

浪人は刀の柄に手をかけた。

「あぁ、すいません。あたしの粗相で」

おミネが言いかけたのへ志乃が、

「おミネさん、外へ！」

押し出した。店の中で抜刀されては危険である。

「待て！」

浪人二人は職人たちを相手にするよりもおミネを追い、街道に走り出た。

調理場から飛び出て来た清次もあとを追い、

「お客さま、店の者が粗相をして相すみませぬ。ここの亭主でございます」

頭を下げた。

「そうか、亭主が謝るなら許してやってもよい」

浪人は刀の柄から手を離し、

「帰るぞ」

「おう」

片方の浪人も応じ、その場を離れようとしたときだった。

清次と一緒に飛び出ていた職人たちが、

「あ、こいつら、まだお代を払っていねえぞ」

「喰い逃げだ！　それが目的だったのか！」

騒ぎ出した。そのとおりのようだった。浪人二人は衆目のなかで図星を指され
脳天に血が上ったか、

「なにっ」

ふり返るなり両方ともまた刀に手をかけ、抜いた。おミネの悲鳴はこのとき
だった。

清次は身構え、駈けつけた松次郎は杵を握り締め、一緒に走った大工は薪雑棒（まきざっぽう）

を手にしている。騒いだ職人たちも身構えている。

杢之助が野次馬の囲みをかき分け、前面に躍り出ておミネの前に立ちふさがる
のと、

「おーっ」

と、囲みの面々が数歩あとずさりし輪の広がったのが同時だった。

退かなかったのは、足の硬直したおミネ、身構えた清次、杵の松次郎と薪雑棒の大工だった。竹五郎も素手のまま、松次郎のうしろで身構えている。

「杢之助さん！」

「あ、杢さん。出ちゃいけねえ。ここはあっしらに任せなせえ」

おミネの声に松次郎がつづけた。大きな、よくとおる声だ。それがまた浪人たちを刺激したようだ。

「手向かうか！」

浪人二人は威嚇（いかく）するように片手で刀を振り上げた。

（まずい！）

思ったのもまた清次と杢之助同時だった。衆目のなかで、杢之助が必殺の足技を披露することはできない。ましておミネの前である。浪人二人は振り上げた刀をどうするか。清次も松次郎たちも構えを崩そうとしない。杢之助の困惑は極に達した。そのときだった。

「おぉぉぉ」

野次馬たちにどよめきが起こった。背後に子供たちの騒ぐ声が聞こえる。囲みをかき分け飛び込んで来たのは、大刀を腰にした真吾だった。

清次の居酒屋に騒ぎが起きると同時に、左門町の住人が一人、麦ヤ横丁に走り込んでいたのだ。

「わーっ」

と、手習い処では歓声が上がった。手習い子たちは、お師匠が町の用心棒でもあることを知っている。

「ここで待っておれ」

お師匠が大刀を手に飛び出しながら言っても、手習い子たちは聞くものではない。お師匠につづいて一斉に手習い処を飛び出た。麦ヤ横丁の住人たちも何事とあとにつづいた。

真吾は人垣の中に飛び込むなり状況を看て取り、動きをとめることなく、

「たーっ」

腰に収めた大刀を素っ破抜き、浪人たちの前を走り抜け、そこで足をとめると一閃(いっせん)させた刀を正眼の構えにふり返った。

──チャリン
──カシャ
息を呑んだ人垣の衆は耳にした。浪人二人の刀が地に落ちたのだ。

「うううっ」

二人はそろって左手で右手首をつかむように押さえている。峰打ちだった。

「わーっ」

背後で手習い子たちの歓声が上がり、

「おおぉぉぉ」

囲みの衆のどよめきが重なった。

枝道から十数人の子供たちが飛び出て来たのだ。街道の動きはとまり、居酒屋の前のどよめきに目を向け、騒ぎは層倍のものとなった。

「野郎!」

自失の態(てい)となった浪人二人に杵と薪雑棒で打ちかかろうとした松次郎と大工、それに竹五郎を、困惑を払拭(ふっしょく)した杢之助が制止し、

「さあ、ひとまずこのご浪人二人を木戸番小屋へ」

「おーっ」

周囲の町衆が応じ、大勢で捕縛するように素手の浪人二人を左門町の木戸番小屋に引き立てた。

あとには清次が、

「さあさあ皆さん。騒ぎはもう終わりました。散ってくださいまし。年の瀬です、仕事に戻ってくださいまし」

声を嗄らした。

野次馬は徐々に去り、街道の動きはもとに戻った。

木戸番小屋では、

「ううううっ」

すり切れ畳の上に押し上げられた浪人二人は、真吾の監視つきでは手首を押さえうめく以外なすすべがない。

松次郎、竹五郎、大工たちは三和土に入り、手習い子たちは敷居をふさぐように中をのぞき込み、そのうしろに町内の住人や野次馬たちが群れている。

「うーむむむっ」

杢之助はすり切れ畳の上で、

(いかに収めるべきか)

処置に困った表情になっていた。

「おおう、どけどけ」

野次馬たちの背後に聞こえただみ声、源造だった。

まだ街道が舞台になるまえ、急ぎの駕籠舁きが居酒屋の中の騒ぎに気づき、そのまま御箪笥町まで走り源造に知らせたのだ。

杢之助とともに盗賊の押込みに備えているときである。源造は驚き、聞くなりそこを飛び出し、左門町へ走ったのだった。

「あ、源造親分。喰い逃げだ、浪人が段平を振りまわして！」

「そう、手習い処のお師匠がやっつけなすった！」

野次馬たちから声が上がる。

「なにい、浪人の喰い逃げ？」

言いながら源造は三和土に立ち、

（いかん）

と、その背を街道で見ていた清次もあとを追い、源造につづいた。

（まずい！）

杢之助は源造のだみ声を聞いた瞬間から、ふたたび困惑に包まれた。

源造は部屋の中を一瞥し、

「ほう。それかい、喰い逃げのお人ってのは」

と、浪人二人を睨みすえた。刀を真吾に取り上げられている二人は、

「ど、どうするつもりだっ」

「ゆ、許さんぞっ」

すり切れ畳の奥に胡坐を組み、その手前に真吾と杢之助が座し、三和土に見張り番のように身構えている松次郎はまだ杵を持ち、大工も薪雑棒を離さず、竹五郎も心張棒をつかんでいる。そこへ素手の清次も加わった。栄屋の藤兵衛も来て、推移を見守るようにそっと野次馬たちのうしろに立ち、中をのぞき込んだ。

杢之助は心中の困惑を隠し、

「あゝ、源造さんいいところへ来てくれた」

上体を三和土のほうへねじり、源造は三和土に立ったまま、

「なんでえ、喰い逃げかい。俺はまた左門町で騒ぎと聞き、あの件かと……」

言いかけ、

「うっ」

口を押さえた。

左門町で刃傷ざたの喧嘩などがあれば、源造だけでなく奉行所の同心も来る。杢之助の、最も警戒していることである。街道おもてに野次馬が集まったとき、とっさに浪人二人を木戸番小屋に移すよう図ったのは、ともかく騒ぎを収めるた

めだったのだ。

だが思いがけず源造がはやばやと来た。左門町の自身番は忍原横丁が兼ねており、喰い逃げで刀を抜いたとあれば、源造はひとまず忍原横丁の書役を左門町に呼び、木戸番小屋で事情を聴取し、奉行所から同心が来るのを待つことだろう。たとえ身柄を忍原横丁の自身番に移したとしても、現場であった左門町に同心が来るのは必至だ。

半纏から出た書付の件で、せっかく大仕掛けをして左門町に火の粉の降らないようにしている最中に、

（このようなことで……）

杢之助の心中は秘かに高鳴っている。

清次が源造のあとを追い三和土に立ったのは、それが分かっているからだった。藤兵衛が野次馬のうしろから中を窺っているのも、おぼろげながらもそうした事情を察知したからだ。

困惑のなかに杢之助は、

「まあ、そう言っている声も、聞こえたようだが」

と、歯切れが悪かった。

「な、なにを言うか、喰い逃げなどと！　店の者に、無礼があったからだぞ」

「さ、さよう。かくて、ああなってしもうただけじゃっ」

そこへつけ込むように浪人二人は居丈高になった。それ以外に方途がない。

松次郎が杵を持ったまま一歩前に出た。

「なにい、端からそのつもりじゃなかったのかい」

「俺もそうみたぜ」

大工がつづけた。真吾がいるから強気である。だが、真吾が来る前に一歩も退かなかったのも事実である。

「なにをぬかすか！」

言った浪人は手で膝のまわりをさぐったが刀がない。真吾に取り上げられているのだ。

「ううう っ」

言葉にも所作にも窮したところへ、

「喰い逃げではありませぬ」

と、松次郎たちよりも前に清次が踏み出た。

「店の中で、確かに手前どもに粗相がありまして、はい。ご浪人さん方、酒も少々召されておいでで、それであのような騒ぎになってしまいましたので。喰い逃げなどそのようなこと……、お代をいただくつもりはありませんでしたので」

「えぇぇ？」

と、松次郎たちは呆気に取られたような顔になった。

浪人たちにとっては意外な助け船である。

「それみろ。亭主もさように申しておるではないか」

「さよう、さよう。分かったならそこの刀、さっさと返してもらおうか」

「どういうことなんですかい」

三和土に立ったまま、源造は真吾に顔を向けた。

真吾は清次の意を解し、応えた。

「ふむ、そういえばそのようだった。このお二方(ふたかた)は確かに刀を抜いたが、ただ抜いて見せただけで、人を斬る構えではなかったなあ」

その言葉に、浪人二人はしきりにうなずいている。

杢之助は内心、清次と真吾に感謝し、

「そういうことだ。まあ、なにかの手違いでこんな騒ぎになってしもうた。どうするね、源造さん。年の瀬で儂らお互い忙しい身だ。せっかく来てもらって申しわけねえが」

　言ったところへ、藤兵衛が手習い子たちをかき分け、

「この町の町役として、ようすを見に来ましたのじゃが」

　と、三和土に入って来た。

「話は外で聞かせてもらいましたが、年の瀬には毎年酔っ払いの喧嘩沙汰など多うございましてなあ。聞けば自身番の控帳に記すほどのこともありますまい。わたしから忍原の書役さんにそう伝えておきましょう」

「ほおう、これは藤兵衛旦那。町役のお人が清次旦那とそろってそうおっしゃるのなら、俺に異存などござんせんや」

　源造はホッとした表情になり、

「やい、バンモク。こんなことで俺を呼ぶな。この忙しいときに」

「ふふふ、お互いになあ。俺が呼んだんじゃねえぜ」

「そ、そりゃあそうだが。まあ、おめえにケガがなくってよかったぜ。この町には榊原の旦那がいなさるから助からあ。それじゃ旦那、また」

　と、敷居を外にまたぎ、

「このあとの処置、町役の藤兵衛旦那にお任せしまさあ。さあ、ガキどももどいた、どいた」

と、雪駄(せった)の音が木戸のほうへ遠ざかった。真吾にも杢之助にも〝また〟と言っただけで、〝今夜も〟と言わなかったのは、さすが岡っ引である。

杢之助の鼓動は平常に戻っていた。

真吾は、

「おっ、おまえたちも来ていたのか。これから帰ってもすぐ八ツの鐘だ。きょうの手習いはこれで終わりだ」

「わーっ」

木戸番小屋の前で手習い子たちの歓声が上がり、一斉に街道のほうへ駈け出した。

「大八や駕籠に気をつけて」

おミネの声だ。心配でのぞきに来ていたのだ。

手習い子たちが去ったのへつづくように、野次馬たちも散りはじめた。

「さあ、分かったら刀を返せ」

浪人が言ったのへ、藤兵衛が真吾に視線を向けた。

「何事もなかったことにしますか」

「ふむ」

真吾が視線を受けて言ったのへ、藤兵衛はうなずいた。

「もう二度と来なさるな」

「来るもんか、こんな町！」

浪人二人は真吾から刀を受け取り、さすがに街道には恥ずかしくて出られないのか、左門町の通りを裏手のほうへ、肩をいからせ大股で、逃げるように去った。

一件落着である。

「榊原の旦那ア、清次旦那ア」

と、収まらないのは松次郎たちである。

杢之助が代わって応えた。

「さあさあ、餅つき、とどこおらせたんじゃ、大晦日に徹夜しなきゃならなくなるんでは」

「あっ、そうか。それで」

大工が返した。

「そりゃあまあ、杢さんも夜には伊賀町へ、忙しい身だからなあ」

「ま、悔しいけど」

松次郎に竹五郎がつづけ、この幕引きを解したようだ。

おもてから、ふたたび餅つきの小気味のいい音とかけ声が聞こえてきた。

ふたたび一人になったすり切れ畳の上で、

「ふーっ」

杢之助は大きく息をついた。

ちょうど手習いの終わる、八ツの鐘が聞こえてきた。

六

あわただしかった昼間が過ぎ、日の入りとともに左門町の通りに静けさが戻った。

やがて五ツ（およそ午後八時）時分が近づき、おミネが腰高障子に音を立て、

「杢さん、きょうは嬉しかったですよう」

と、いつもは顔だけだが、今宵は珍しく敷居をまたぎ、うしろ手で閉めた腰高障子を背に立った。提灯を手にしているから、おミネの影が障子戸に大きく映っ

ている。

　杢之助はすり切れ畳の上から、

「そりゃあ儂も驚いたよ。刀を抜いた浪人の前におミネさんが棒立ちになっているのだから」

「あたし、もう足がすくんでしまって。でも杢さん、無鉄砲すぎる。榊原さまが駈けつけてくださったからよかったけど、あのままだったらどうなっていたか」

「そうだろう。だから儂はとっさにおミネさんの身を案じ」

「ほんとう、そうだったのねえ」

「まあ、な」

　話しているところへ他の足音が聞こえ、

「木戸番さん、きょうもわたしが」

　と、栄屋の手代・佐市が腰高障子を開けた。

「これはおミネさん、きょうは大変だったようで」

「あゝ、いまその話をしていたところだ。藤兵衛旦那も来てくだすって、事なく幕引きができてほんとうよかったよ」

　言いながら杢之助は提灯に火を入れ、腰を上げた。〝四ツ谷　左門町〟と墨書されている、木戸番小屋の提灯だ。

このあとすぐ、

「それじゃ佐市さん、あとを頼みますよ」

と、木戸番小屋の前で二つの提灯の灯りが右と左に別れたが、おミネにすればもっと話したかったことだろう。

提灯を手に左門町の木戸を出ると、

「杢之助さん」

と、暖簾と軒提灯を下げたばかりの居酒屋の軒端に、清次が杢之助の出て来るのを待っていた。街道に人通りはすでになく、

「おう、清次。助かったぜ、きょうは」

「へえ、あっしもあの浪人ども、すりこぎで叩きのめしてやろうかと思ったのでやすが、いいところへ榊原さまが出てきてくれました」

互いに軒端へ低声を這わせた。

「それに藤兵衛旦那もなあ、いい采配を見せてくれなすった」

「そのとおりで。山屋への押込みも、このように行けばいいのでやすが」

「あはは、今夜にでも押込んで来てくれることを望んでいるんだがなあ」

「そのときは源造さんも一緒です。くれぐれもお気をつけなすってくだせえ」

きょう衆目の前でくり出さなかった足技を、暗い中とはいえ混戦になり、源造に見られることを清次は心配しているのだ。

「なあに、ヘマはやらねえよ」

「へえ、そう願うておりやす。落着すれば志乃に鯛の尾頭付きを焼かせ、熱燗のチロリを二、三本持って行きまさあ」

「あゝ、あしたの夜はそうなるかもしれねえ。朝のうちに仕入れときねえ」

「へえ、期待しておりやす」

と、麦ヤ横丁の枝道に入る提灯の灯りを、清次は軒端から見送った。

手習い処に立ちより、真吾と肩をならべて簞笥裏の伊賀町に歩を踏むあいだにも、昼間のことが話題になった。

「飛び込んだときなあ、抜刀した二人に殺気は感じなかったが、背後に松次郎たちのすごい気迫を感じたぞ。あらためて見直したなあ」

「あはは、榊原さま。それが町衆の意地ってやつでさあ。歪んだことは許せねえって……。藩に帰参なすっても、このことは忘れねえでくだせえ。姫路ご城下にも、町衆は大勢おいででやしょう」

「ふむ。慥と肝に銘じておこう。今宵も一緒に宿直をする源造さんも、その一人だなあ」

「そのようで」

杢之助は肯是した。

その源造は、今宵も早めに来ていた。実際、それは杢之助も認めているのだ。

きょうも、冷淡だがソツなくあるじの銀右衛門と番頭の左次郎に迎えられ、三人はあの座敷で箱火鉢を囲んだ。

「待っていましたぜ」

と、源造は杢之助と真吾が座に着くなり、

「昼間の件は厄介事にならず、よござんした」

言ったのみでそれ以上話題にすることなく、

「きょう昼間、また現われやしたぜ」

と、声を落とした。

「えっ。やつらが!?」

思わず問い返したのは杢之助だった。さきほど、清次と今宵入るかもしれないと、なかば冗談をまじえてだったが話したばかりなのだ。

「どういうことだ」

　真吾も緊張を帯びた低い声で、さきをうながした。

　源造は語りはじめた。

「ほれ、俺が左門町に行っている時分でやした。義助がこの近くで、おといの野郎を見かけやした。一人はおなじやつだったのですぐ分かり、もう一人は別の野郎だったそうです」

「ふむ。賊は少なくとも三人以上ということだな」

「そういうことになりまさあ」

　真吾が言ったのへ源造は返し、杢之助は無言でうなずいた。

　源造は、眉毛を小刻みに動かしながらさらにつづけた。

「見つけてもさりげなくかわし、尾けるなと言ってありやすので、向こうさんに気づかれた心配はありやせん。俺の勘じゃ、引きずり餅の初日に来て、やっていることが分かっているのにきょうまた来たということは……」

「押し入って来るのは……今夜」

　真吾は応え、

「そうでさあ」

源造は返し、杢之助にも視線を向け、

「バンモクよ、おめえはどう思う」

「どう思うたって、盗賊の気持ちなど儂が分かるわけねえ。もっと仲間がいて、あしたまた別のやつが来るかもしれねえし」

「ふふふ、バンモクよ。盗賊ってのはなあ、そうやたらと姿は見せねえものだ。それがおととい、きょうと二度も来やがったい。仲間に場所を知らねえ野郎がいて、引き揚げるときの道順を徹底しておくためだったのだろうよ。つまり、押込みは今夜だ」

「その勘、当たっているかもしれない。かなり高い割合でなあ」

真吾は、さきほどよりも低い声になっていた。

源造の声も、畳に這わせるほど低くなり、太い眉毛をぴくりと上下させた。

「榊原の旦那。お願いしやすぜ。もちろん話し合ったとおり、あっしも矢面に立ちまさあ。脇差は、伊達や酔狂で持って来ているんじゃありやせんからねえ。賊が三人、四人ならすべて生け捕りにできやしょうが、五人、六人となりゃあ、幾人かは斬り殺さなきゃならねえかもしれねえ。なあに、賊を殺しても、あとであっしがうまく、八丁堀の旦那に言いつくろっておきまさあ。榊原の旦那は、心置きなくやってくだせえ」

「むろん、そのときはな」

「バンモクはケガしねえように、山屋の連中を安全な場に誘導してやんねえ。屋内に誘い込んでからやり合うとなりゃあ、賊の人数によっては、どこが斬り合いの場になるか分からねえからなあ。それと……」

「くどいぜ。端からそのつもりだ」

杢之助は返し、真吾とさりげなく視線を交わした。

義助や利吉が得た〝賊〟の動きである。源造は確信し、その気になっている。

真吾と杢之助の返事を確認すると、

「山屋にも徹底しておきやしょう」

と、襖の向こうへ、

「おぉう、山屋のお人ら」

声を投げた。

「なんでございやしょう」

すぐ廊下に人の気配が立った。玄関の帳場のほうに陣取っている若い衆というか、手代だった。

きょう来たとき、真吾と杢之助は玄関口で二人の手代の顔を初めて見た。

(やはり)

思ったものである。源造の見立てどおり、〃取立て屋〃でもやっていそうな面相なのだ。

「銀右衛門旦那と番頭の左次郎どんを呼んでくれねえか」

「へえ」

手代は襖を開けないまま、足音が遠ざかった。

すぐに銀右衛門と左次郎は来た。

「なんでございましょう」

と、二人そろって部屋に入り、箱火鉢の近くに端座した。まだ三日目というのに、いくらか疲れたように見受けられる。気疲れかもしれない。

源造は、

「俺の手の者がなあ」

と、連日昼間から近辺を張っていることを明かし、押込みが今夜にもありそうなことを話した。

銀右衛門と左次郎は顔を見合わせ、

「よろしゅう、なにとぞよろしゅう、お願いいたします」

「まったく、恐ろしいことでございます」

畳に両手をついた。その心情に、嘘はない。

「だからよう、そちらも充分に気をつけていてくだせえ」

「はい、それはもう」

と、源造の言葉に二人は座敷を下がり、奥の居間で火鉢をはさんだ。

「旦那さま。ほんとうに、今夜でございましょうか」

「なあに。源造さんはわたしたちに気を緩めるなと言っているだけですよ。それよりも、家探しされても大丈夫なようにと、床ノ間の隠し穴に書付を入れたままにしておいたのですが、ほんとうは気が気でありません」

「はい、わたしもです。ですが、開けられたようすはありませんでした。源造さんは床柱はむろん、掛け軸の裏の仕掛けも話題にしませんでしたから」

二人は話し、心配を含んだなかにも、ひとまずの安堵の息をついていた。

源造の勘は当たっていた。というより義助と利吉が、八幡町の茶汲み女たちの言葉から、この町場で見かけた男たちに目をつけた勘が当たっていたと言うべきかもしれない。そもそもこたびの件は、殺された五郎太と三郎左の二人が、義助と利吉にかわら版を持ちかけたところから始まっているのだ。

その吾郎太と三郎左を殺害したと思われる犯人どもが、外濠の八幡町より上流にいるのではないかとみた杢之助の予測も、まとを得ていた。

八幡町のある市ケ谷御門から外濠上流でほぼ北方向へ十三丁（およそ一・四粁）ばかり進んだところに、牛込御門がある。その御門前から、片側が町場でもう片方が武家地という変わった広い坂道が西方向に延びている。御門からはかなり急な上り坂だ。

その坂道の中ほどにある、善国寺の裏手に広がる雑多な一角である。飲み屋の裏側の一軒家に、源造が山屋の座敷で銀右衛門と左次郎に注意を喚起しているころ、賊どものひそひそ声が聞こえていた。

一軒家といってもひと間しかなく、飲み屋のおやじが遅くなったときに寝泊まりしていた小屋のような造作で、そこを暫時借りているのだった。

住みついている者は二人で、あと三人ほど、いかにも遊び人の与太といった風体の若い男が来ている。この中の一人が市ケ谷八幡町の茶店で、半纏を置き引きされた男だった。こやつが顔を腫らし、栄屋に半纏を引取りに来た男である。はたして痛めつけたのは、そこに住みついている二人であり、加之充と市之丞といった。

この名を、源造が聞けば仰天するかもしれない。奉行所から秘かに手配されている名なのだ。面は割れているが、二人とも変装に長けているようだ。二人とも役者のような名だが、加之充は旅の一座で手配師をしていた男で、市之丞はその一座の軽業師だった。なるほど塀や木戸を乗り越えるのなど、得意なはずである。二人は組んで旅先でときおり盗みを働き、一座から放逐された。二人が盗っ人暮らしに入ったのは、それからだった。

江戸市中で、そう大きくもない商家ばかりを狙う盗っ人がときおり出るようになったのは、そのころからである。五年ほど前のことになる。町奉行所は、旅の一座への探索から加之充と市之丞の存在を割出した。

すでに三人ほど、騒ごうとした店の者を殺している。捕まれば、打ち首は間違いないだろう。その恐怖もあってか、ここ一年ほど動きがなかった。それがふたたび動きはじめたのだ、町の与太を三人ほど仲間に引き込み、狙いをつけたのが箪笥裏の伊賀町の山屋だったのだ。加之充が神楽坂に塒を構えたのも、その準備だったのかもしれない。

加之充は市之丞を、

「――おい、市」

と呼び、市之丞は加之充を、

「――兄イ」

と称(よ)んでいた。

四十がらみと三十がらみの男である。元軽業師の市之丞はもとより、加之充もなかなかの優男(やさおとこ)である。

その加之充の声が、善国寺裏の塒の畳を這っている。その部屋も、灯りは油皿に灯芯一本の炎のみだ。

「つなぎ用の半纏が盗まれたときにゃひやりとしたぜ。おめえら、こんどあんなヘマをやりやがったら、五郎太とか三郎左たらぬかすやつらと同様、命はねえものと思え。お盗(つと)めはいよいよ今宵だ」

「へえ」

三人が低い声をその場にながした。

義助と利吉が町場で見かけ、

(こいつら)

と、源造に報告したのは、この三人だった。加之充に言われ、やはり山屋の位置と逃走経路の確認に来ていたのだ。

油皿の炎が、大きく揺れた。

加之充の声は低くつづいた。

「午ノ刻（午前零時）の鐘を合図に、ここを出る。手筈どおり裏手の勝手口から入る。なあに、お盗めというものは、幾度やっても緊張するものだ。おめえら、俺の指図どおりに動けば案ずることはねえ。それまで眠っておけといっても無理かもしれねえが、ともかく横になって目をつむっておれ。すこしは落ち着けるってもんだ」

「へえ」

と、あとは静かになった。油皿の灯りは点いたままだった。

かねての覚悟

一

捨て鐘三つに、昼間と違って低く抑えた鐘の音が九回つづいた。九ツ、午ノ刻(午前零時)である。

壁にもたれ、肩にかけた大刀を抱くように仮眠をとっていた真吾が、

「ほう、九ツか」

目を開けた。

横へならぶように、肩から掻巻をかけて目をつむっている李之助も、鐘の音は薄い意識のなかにあった。

交替で仮眠をとるといっても、ごろりと横になり掻巻を深くかぶることはなかった。熟睡すればとっさに起きられないばかりか、起きた瞬間はまだ寝ぼけて

いることになる。

胡坐居で箱火鉢の炭火に手をかざしていた源造が、

「旦那、お目覚めですかい」

低く言ったのへ、

「あゝ。まだ来ておらんようだな」

「へえ。そのようで」

言いながら腰を上げ、箱火鉢のところへ移動し、源造が腰を上げた。

不寝番の交替である。

脇差を左横に置き、壁に背をあずけた源造へ真吾は、

「入るとすれば、これから一刻（およそ二時間）のあいだが一番危ないかな」

「たぶん。あっしも深い眠りには落ちやせん。ともかく、よろしゅうお願えいたしやすぜ」

「あゝ」

目を閉じ言った源造に短く返した。

部屋には行灯の灯りがあるが、そこが座敷では外には洩れない。玄関の帳場に手代が一人出ているはずだが、そこには灯りがなく真っ暗闇である。裏手の勝手

口のほうにも、もう一人の手代が出ているはずだが、やはり灯りはない。源造たちがそのように配置させたのだ。

あとひと部屋、行灯の灯りがあるのは、銀右衛門と左次郎がいる奥の居間である。ちょうど銀右衛門が雪隠から戻って来たところで、二人とも夜具の上に上体を起こしていた。

「源造さんの言葉、ほんとうでしょうかねえ」

と、左次郎は心配と恐怖で眠れないようだ。

「なあに、来れば、わたしたちは、じっとしておればいいのです」

銀右衛門は応え、また横になって掻巻を顔の上まで引き寄せたが、やはり緊張しているのか、上ずった言いようだった。

鐘が鳴り終わり、杢之助は銀右衛門か左次郎が雪隠に立った気配も、目をつむったまま感じ取っていた。〝これから一刻……危ない〟との、真吾の言葉も耳に入っている。経験からも、盗賊が押し入るのはその時分が多いのだ。

下っ引の義助と利吉は近くの自身番に詰め、木戸番人のように拍子木は持たないが、脇差を腰に〝四ツ谷伊賀町　自身番〟と墨書された弓張提灯を手に、交替で夜の町場を巡回している。弓張提灯はぶら提灯と異なり、上下が固定されていて安定感があり、持ったまま走りやすく、揺れて火が消えることもない。捕方などが持つ御用提灯は、ほとんど弓張提灯である。

それを手に巡回から帰り、自身番に詰めていると町役や書役が、

「今年に限って、源造さんはなにを警戒しなさっているのだね」

と、また訊くが、義助も利吉も、

「訊かねえでやってくださいまし」

と、応えるばかりで、山屋の名は口に出さなかった。

二人は昼間も町内をまわっており、山屋の手代二人の顔を確認し、

「――あいつら、押込み強盗かもしれねえ与太どもと、いい勝負だなあ」

「――まったくだ」

と、語り合っていた。手代二人は、誰が見てもお店者ではなく、遊び人のような胡散臭さが感じられるのだ。

その手代二人は連日、引きずり餅の横をすり抜け、大福帳のようなものを手に忙しそうにどこかへ出かけている。自身番で町役たちが、

「――貸した金の取立てでしょうが、不幸な事件が起こらねばいいのですが」

「――まったくです」

などと話していた。

横で聞いていた義助が問いを入れた。

「――なにか事件でもあったんですか」

「――いや、ことしはまだ。この伊賀町じゃないが、去年もその前の年も、一家心中や夜逃げがあり、いずれも山屋さんが関わっていたらしいよ」

答えが返ってきた。源造親分に報告すべき、興味ある話だ。

『――その山屋に盗賊が入ろうとしておりまして……』

義助は喉まで出かかったが呑み込んだ。源造の言いつけをよく守っている。

昼間、義助はそれを利吉に話し、

「――これが終わったら、こんどは山屋の手代を尾けろ、と源造親分、言ってくれねえかなあ」

「――うんうん、そのほうが張り合い出そうだよ」

と、語り合ったものだった。

その義助が夜の巡回中に午ノ刻の鐘を聞き、

(さあ、利吉と交替だ)

と、かじかんだ手に白い息を吹きかけ、自身番へ引き返そうとした。夜の巡回では、二人とも護身用に脇差を帯びている。

鐘が鳴り終わった。

神楽坂の加之充と市之丞の塒（ねぐら）では、

「さあ、行くぞ。用意はいいか」

「へいっ」

と、加之充につづいて三人の与太たちも立ち上がった。最後に市之丞がフッと油皿の灯りを吹き消し、外に出た。

用意といっても黒っぽい股引（ももひき）に給（あわせ）の着物を着込み、腰に脇差を帯びているだけである。塒を出るときから泥棒装束をしているわけではない。道を歩くにも酔っ払いのふりをしている。

神楽坂から伊賀町への裏道は、提灯なしでも歩を進められるように、明るいときに幾度も歩いている。

「もし騒ぐやつがいたら、ほんとうに殺っちまっていいんでやすね」

「黙って歩け」

与太の一人が念を押すように白い息を吐いたのへ、加之充は叱声をかぶせた。

「へえ」

与太は返し、あとは速足になった。

市ケ谷八幡の裏手に歩を踏み、御先手組の武家地を経て、四ツ谷坂町の町場を抜ければふたたび武家地になり、そこを走れば簞笥裏の伊賀町となる。

入った。

加之充の声が闇を這った。

「よし、ここからだ」

「へい」

低い声に、一同五人は袷の着物を裏返し、黒装束になった。尻端折をしても股引は黒く、さらに黒い手拭で頬かぶりをし、足袋跣となった。走っても足音は立たない。もう誰が見ても盗賊の一群である。

「行くぞ」

「待て」

加之充の低い声へさらに低く言ったのは市之丞だった。

前方に提灯の灯りが見えたのだ。揺れている。

義助と交替したばかりの、利吉の弓張提灯だった。

灯りは前方の角を過ぎ、見えなくなった。

数呼吸の間を置き、

「行くぞ」

ふたたび言った加之充の声に、影の一群は走り出た。

黒い影は五つ、角を二度ほど曲がった。

（えっ）

自身番の弓張提灯を手に、利吉は立ちどまり、ふり返った。黒い家並みの輪郭が闇に浮かぶばかりである。気配をさぐるように、あるいは緊張と恐怖からか、しばしその場に立ったまま提灯をかざした。

加之充たち五人が走り込み、身をかがめた軒端は、山屋の玄関口だった。雨戸が固く閉じられている。加之充と市之丞が板と板のすき間に目をあてた。暗闇でひと筋の灯りも見えない。

「よし」

加之充はうなずき、手で路地のほうを示した。影たちは身をかがめたまま路地に走り込んだ。玄関を窺ったのは、山屋の警戒ぶりをさぐるためで、

（寝静まっている）

加之充は判断したのだった。

利吉が念のためにとこわごわ山屋の前まで引き返したのは、五人の影が脇の路地に駈け込んだあとだった。

ホッとした思いで利吉は玄関前に近づき、路地を提灯で照らした。

つぎに五人が立ったのは、板塀の裏口の前だった。路地であれば、もうずくまることもない。加之充の手際はよかった。板戸をあごでしゃくると、

「ふむ」

市之丞がうなずき、ひょいと跳び上がって板塀の上に手をかけるなり身が宙に舞い、そのまま内側に消えた。

——ガサッ
葉のすれる音が聞こえた。裏庭のどこに植込みがあるかまでは、調べていなかったようだ。

この音を、利吉は感じ取った。心ノ臓が高鳴り、

(犬かな、猫かな)

ぬき足さし足で、暗い奥へ歩を進めた。

「うっ」

と、屋内でも、真吾が箱火鉢にうつむけていた顔を上げた。

杢之助も同時だった。うなだれていた首を立てるなり、耳を周囲の空間にそばだてた。

――ガサガサ

つづいたかすかな音を感じ取った。市之丞が植込みから出たのだ。

杢之助と真吾は行灯の淡い灯りのなかにうなずきを交わし、そっと立ち上がった。その気配に、眠りについたばかりの源造も目を開け、立ち上がっている真吾と杢之助を見て、

「来やしたかい」

と、脇差を手に取り、もそりと腰を上げた。真吾はすでに大刀を腰に差している。

杢之助が行灯から手燭（てしょく）に火を取り、みょうなことを言った。

「それじゃ、儂（わし）が囮（おとり）になり、賊どもをひとまとめにして座敷におびき入れますじゃ。あとは手筈どおり、挟み撃ちにしてくだせえ」

「えっ？」

源造は驚いたが、

「ふむ」

真吾はうなずいた。杢之助の技量を知っている。これに越した策はない。うまく行けば、座敷のひと部屋で決着がつけられるかもしれない。

挟み撃ちの策は、当初から決めていたことだ。

賊が入るのは裏庭の縁側から、と三人とも予測をつけていた。そこから賊どもを屋内に入れ、真吾と源造が挟み撃ちにするのが策だった。なにぶん暗闇の中だから乱戦になり、一人か二人は殺すことになるかもしれない。だから杢之助が銀右衛門ら家人たちを安全な部屋へ誘導することになっていたのだ。また、乱戦の邪魔にならないようにと、銀右衛門に話し手代たちを見張り役として、帳場だけでなく裏の勝手口の板の間へも遠ざけていたのだ。この二人は真吾と源造が、乱戦と同時に外へ出す算段も立てている。

そこへ杢之助が、策になかったことを言ったのだ。さらに言葉をつづけた。

「儂が座敷で騒ぎを起こすから、そのとき踏み込んでくだせえ。なあに、儂はうずくまるなり襖(ふすま)を破って逃げるなりしまさあ」

「心得た」

真吾が応じたのへ源造は、

「バンモク、おめえ、そんなことを」

と、策は認めながらも李之助の大胆さに、眠気を吹きとばした。

外では、市之丞が内側から裏の板戸を開けた。その慣れたようすに、

「おーっ」

と、与太の一人が声を上げた。その声は、八幡町の茶屋で半纏を置き引きされた与太だった。

「しーっ」

加之充がまた叱声をかぶせ、

「つづけ」

低い声を闇に這わせた。板塀の中へ影がつぎつぎと吸い込まれた。

利吉が弓張提灯をかざし、板戸のある角へ曲がったのは、最後の影が入り込んだ瞬間だった。角から板戸までは距離があり、直接提灯を見ない限り、その灯りに気づくことはない。

（あれはっ）

利吉は足をすくませ、前に進むことなく跳び上がるようにきびすを返し、おもてに出るなり自身番へと駈けた。

裏庭に入ると、家屋の輪郭が夜空に浮かんで見える。庭があればそこに面して

縁側があり、雨戸があるのはどの家の構造もおなじである。

加之充の手が動いた。影どもが足元に気をつけながら、ゆっくりと雨戸に近づいた。ときおり、枯れ葉を踏む音が聞こえる。

屋内で、源造は勝手口の板の間に足を忍ばせた。案の定、手代は寒さ除けに掻巻をかぶり、寝ていた。源造はそれを蹴り上げ、起きたところへ、

「しっ、俺だ。賊が入った。ここでじっとしておれ。動くな。中で騒ぎが起きれば、すぐさまおもてへ飛び出し、自身番の提灯が来ているはずだから、一緒に中から賊が逃げ出して来ねえか見張っておれ」

「へ、へえ」

その顔の蒼ざめているのが、見えなくとも声から感じられる。

帳場には真吾が忍び足を進め、おなじように寝ている手代を起こしていた。

杢之助は座敷の行灯の灯りをそのままに、手燭を手に銀右衛門と左次郎のいる居間に向かった。

掻巻をかぶっていたが、寝てはいなかった。

「来やしたぜ。さあ、騒ぎが収まるまで、そこの押入の中で凝っとしていなせえ」

杢之助の落ち着いた言いように、二人はこくりとうなずき、

「ほ、ほんとうに大丈夫なので⁉」

「だから、凝っとしていなせえ」

銀右衛門が上ずった声で言ったのへ杢之助は返し、その背を押入のほうへ押した。すぐ女中部屋にも入り、二人の年経った女中を押入に押し込んだ。

つぎにその足は、手燭の灯りを着物の袖で蔽い隠すように、裏庭に面した縁側に向かった。

二

裏庭では、市之丞が雨戸一枚の溝に脇差を差し込み、器用に浮かせた。その雨戸がせり出た。加之充が両手で支え、持ち上げた。ほとんど音は立たず、二人の意気は合っている。与太どもはまた感嘆の声を上げそうになったが、さすがにこらえた。

ぽっかりと開いた黒い口の中はいっそうの闇で、さらに静かだった。

一同は黒装束を尻端折に足袋跣である。一人一人が脇差を帯びているのは、騒ぎになったときの用意だ。手口は荒っぽく、入るなり刃物にものを言わせる。杢之助はそうした盗賊を、最も蔑(さげす)み、憎んでいる。

「行くぞ」

加之充は手を軽く屋内へふり下ろし、踏み込んだ。市之丞がひょいとつづき、与太三人もつながって縁側の暗い空間にきょろきょろと視線を投げた。

そのときだった。

「おぉ」

加之充は身構えた。縁側の角から手燭の灯りが出て来たのだ。前かがみになった、地味な着物の男で、下に黒い股引を着けているのなど手燭の灯りでは見えない。一見、年寄りの下男である。誰の目にも、たまたま雪隠にでも行って、この縁側に通り合わせたものと映る。むろん杢之助である。そのようにふるまっている。手燭を突き出し、

「あわわわわ」

と、その場に尻餅をついた。

「ほう、こいつはさいさきがいい。起こす手間がはぶけたぜ。おい、じじい」

「へ、へえ」

加之充は脇差を抜き、切っ先を杢之助の眼前に突きつけ、

「下男だな」

「へ、へえ」

杢之助は尻餅をついたまま手燭を前に突き出し、恐怖に満ちた声をつくった。

「金のあり場所は分かるか。どこに置いてある」

「へえ。こ、こちらで」

杢之助は脇差の切っ先を鼻先にあてられ、這うように腰を上げ、前かがみのへっぴり腰で、座敷のほうへ向かった。それが、いつでも必殺の足技がくり出せる落とし方であることに気づく者はいない。

盗っ人たちはつづいた。

「ここ、ここで」

座敷に入った。

行灯の灯りがある。

盗っ人どもはホッとした思いになったのか、

「おっ、あったけえぜ」

「火鉢もあらあ」

口々に言う。

「しーっ」

叱声は市之丞だった。お宝のありそうな部屋だ。加之充はなおも杢之助に切っ先を突きつけたまま、

「どこだ。なかったら叩き殺すぞ」

「へえ、へえ、そ、そこで、いつも旦那さまが」

杢之助は腰を落とした状態で床柱の下のほうを指さした。左の手には、まだ手燭を持ったままである。

加之充が、

「そこがどうした」

と、市之丞に顔を向け、杢之助の差し示した箇所へあごをしゃくった。

市之丞は無言でそこへ身をかがめ、怪訝そうに杢之助にふり返った。

杢之助はなおも恐怖に満ちた声で、

「そこ、そこの、節、節、旦那さまは、そ、それを指で押し……」

「こうか」

市之丞は目立つ節を親指で押した。

音とともに床板が浮き上がった。

「おおっ」

と、市之丞はそれを引き開けた。

「あっ、兄イ。隠し穴だ。手文庫が」

「よし、出してみろ」

加之充が言ったときである。ここまでうまく行っていた目算が狂った。

李之助が座敷で大声を上げる。そこへ、すでに廊下の左右から迫っている真吾と源造が飛び込む手筈だったのだ。だから李之助は手燭を離さず、行灯の灯りとともに部屋をできるだけ明るく保っていたのである。

手筈どおり真吾と源造は、廊下の左右から座敷に迫っていた。二人とも賊が五人であることも確認している。しかも五人とも、あまりにもすんなりと李之助につづき、座敷に吸い込まれた。

真吾と源造は暗い廊下で抜刀し、李之助の叫び声を待った。すぐ叫ぶものと思っていた。しかし、李之助には都合があった。賊に床ノ間の切込みを開けさせることである。

（遅い！）

源造が襖を蹴破り、

「御用の筋だ！　神妙にしろっ」

飛び込んだのだった。

真吾もつづかざるを得ない。ひと呼吸遅れた。

「おぉぉぉぉ」

加之充はふり返り、灯りのなかで瞬時に敵は二人と見抜いたか、

「野郎ども、やっちまえ！」

三人の与太は、ただの遊び人ではなかった。加之充が見込んで仲間に引き入れただけのことはある。喧嘩慣れしており、こうした事態への対応は速かった。

「おおうっ」

――カキーン

部屋に金属音が響いた。源造が打込んだ脇差を、与太の一人が抜き打ちに払ったのだ。それればかりではなかった。均衡を崩した源造に、もう一人が抜刀し打ちかかった。源造の体勢はまだととのっていない。

（危ない！）

とっさの判断だった。床ノ間の前で中腰になっていた杢之助は着物の裾をからげて跳び込み、飛翔したかと思うなり右足の甲が、

――バシッ
与太の頸根を打っていた。

「うぐっ」

与太は脳震盪を起こしたか、離した脇差の切っ先が源造の胸をこすって畳に落ち、その身は源造の前に崩れ込んだ。宙に飛んでからくり出した足技だったせいか、首の骨を砕くにいたらなかったのはさいわいだった。杢之助の手の手燭は消え、畳に落ちていたが、まだ行灯の灯りがある。

「バンモク！　おめえ!?」

源造は目を瞠った。

それだけではなかった。

真吾が座敷に飛び込み、与太の一人を瞬時に峰打ちに倒したのと同時だった。

床柱の前にかがみ込んでいた市之丞が、

「野郎！」

その体勢から杢之助に向かって跳躍し、手は脇差にかけていた。畳に着地するなり打ち込む構えだ。

迎えた杢之助の身も宙に飛んだ。足を前面に、飛び蹴りの姿勢である。市之丞が着地する寸前に、李之助の右足が市之丞のあごを打った。

「ぐえっ」

市之丞の動きがとまるなり仰向けの状態になり、李之助の身もとまり尻から畳に落ちた。

「いってえ、これは！」

またも源造は仰天し、しばし息を呑んだがすぐ、

「神妙にせい！」

身構え、脇差を加之充に向けた。

その直前、真吾の大刀がもう一人の与太の脇差を叩き落とし、切っ先は源造の
脇差と同時に、加之充に向けられていた。

加之充は目の前に展開された光景に茫然となり、

「ひーっ」

手から脇差を離し、その場にへなへなとへたり込んでしまった。

李之助は尻をさすりながら起き上り、

(見られた！)

と、全身の血の逆流するのを覚えた。必殺の足技を、源造に……である。

だが、この場での目的は達した。声をふり絞った。

「源造さん、そこを。こいつらが素早く見つけたんだ」

「おっ」

源造は気づいた。

それを手に取ったとき、杢之助の姿はもう座敷にはなかった。廊下に出るのを真吾は目で見送っていた。

杢之助は縁側から裏の路地に出た。手代の姿はなかった。騒ぎは聞いたものの、ほんの瞬時の出来事だったため、搔巻をかぶりまだ外へ飛び出ていなかったようだ。代わりに、自身番の弓張提灯をかざした義助が立っていた。

利吉が自身番に走り戻ったとき、そっと告げることはできなかった。

「――来た、来た、来た！」

叫ぶなり義助と一緒にまた飛び出し、山屋のおもてと裏で弓張提灯をかざし、中から逃げ出して来る者に脇差を振りまわそうと身構えていたのだ。それが源造から言われた役目だった。

出て来たのは杢之助だった。義助はホッとしたように、

「木戸番さん！」

「おう、義助どんか。中はかたづいた。早う行ってお縄を手伝いなせえ」

「えっ、さようで」

言うなり義助は中に走り込んだ。おもての利吉も騒ぎが収まったのへ、弓張提灯を手に中へようすを窺いに入ることだろう。

杢之助は足袋跣のまま、路地からおもての通りへ出た。さらに弓張提灯の一群が駈けて来た。利吉と義助が飛び出したのへ、いったい何事と自身番に詰めていた町役や書役たちがあとを追ったのだ。

とっさに杢之助は陰に身を隠してやりすごし、ふたたび通りに出て疾駆した。なぜか白雲時代の感覚がよみがえってきていた。

三

御箪笥町を抜け、麴町も過ぎ、街道に出た。両脇に家並みの輪郭が見え、昼間よりも広い、闇の空洞のように見える。

足袋跣のまま着物を尻端折に、そのなかを奔った。足音もなく、耳に風を切る音のみが聞こえる。十数年ぶりの感触である。

が、心中は絶叫していた。

(見られた、源造に！)

忍原横丁の前を過ぎた。清次の居酒屋はすぐそこだ。

着いた。木戸番小屋には、栄屋の佐市が入っている。清次の居酒屋の雨戸に、
もたれ込んだ。さすがに還暦近い歳では、息切れを感じる。

雨戸を叩いた。

清次も伊賀町が気になり、熟睡はしていなかったか、すぐに雨戸のすき間から
灯りが洩れてきた。

「儂だ、開けてくれ」

「へ、へい」

低い声に清次は応え、腰高障子を開ける気配につづいて雨戸が動き、

「いかがしなすった」

「見られた」

杢之助はわずかに開いた雨戸のあいだにすべり込み、へなへなとその場に座り
込んだ。

「えっ」

清次は雨戸を閉めながら、

（やはり）

思いが脳裡をよぎった。

それでも、

「なにをですかい」

言いながら土間に座り込んだ李之助を、手燭を持ったまま抱き起こすように樽椅子に座らせた。

「まあ、李之助さん。これはいったい」

と、志乃も手燭を手に出て来た。片方の手には水の入った柄杓を持っている。

「ありがてえ」

李之助は口から水をこぼしながら一気に干し、

「ふーっ、生き返ったぜ」

「見られたって、なにをですか？」

志乃がカラになった柄杓を受け取りながら訊いたのへ、清次が、

「ここでは訊けん。奥の居間だ。すぐ用意を」

「は、はい」

志乃は事態を解したようだ。すぐ奥へ走り込んだ。

「さあ、杢之助さん。奥へ」

「うむ」

杢之助は清次に支えられるように奥へ入った。

居間にはすでに行灯が置かれ、

「もうすぐぬくもりも増しますから」

志乃は火鉢の灰の中に残っていた種火をほじくり出して新たな炭を加え、冷酒を湯飲みに入れて差し出し、すぐ居間を出た。台所のほうで火を熾(おこ)しているようだ。

「さあ、話してくだせえ」

居間には杢之助と清次の二人になった。

「ふむ」

清次に催促され、杢之助は冷酒をふたたび喉にとおし、

「ふーっ、これに限らあ。五体が生き返ったようだ」

清次は杢之助と胡坐居に向かい合い、待つようにその顔を見つめている。

「入(へえ)りやがった」

と、息を正常に戻し、杢之助は山屋での経緯(いきさつ)を語った。

清次は幾度も相槌を入れながら聞き、途中で志乃が、

「お茶よりもこのほうがいいと思いまして」

と、チロリに入れた熱燗を盆に載せてきて湯飲みに酌をし、すぐに退散した。おそらくとなりの部屋で聞いていることだろう。志乃なら問題はない。むしろ、一緒にこの場で聞いて欲しいくらいである。

「仕方がなかったのだ。源造さんと榊原さまの間合いが狂った。あのままじゃ源造さんが斬られていたからなあ」

「へえ、その情況からは」

「もう一人のあごを打ったときもなあ、そやつ、いやに身の軽いやつだった。驚いたぜ。つい儂もつられてとっさになあ」

「そうでございましょうとも」

「しかし、見られたことに変わりはねえ」

「それで、早々に引き揚げなすったか。で、これから」

清次は手にした湯飲みを盆に置き、あらためて杢之助の顔に視線を据えた。

「どうするもこうするもねえ。儂はいまから左門町をずらかるぜ」

清次には予想していた言葉だったが、

「しかし杢之助さん、あの技を見られたからといって、以前がばれたわけでも」

「そうですよ、杢之助さん。なにも今夜、急にわなどと」

思い余ったか、志乃がとなりの部屋から出て来た。

「ほう、聞いていたかい」

「はい」

「ちょうどいい。二人そろってよく聞いてくれ。あの源造さんのことだ。いますぐ分からなくとも。いずれ割出さあ」

「……白雲一味を……ですか」

言ったのは志乃だった。

「そうよ。そうなったとき、おミネさんや松つぁんや竹さんはどうなるよ。それだけじゃねえ。この町のみんなだ。これまで、なにも知らずにつき合ってくれていたんだぜ。それを思えば、儂はもう、頭が狂いそうにならあ」

杢之助は肩を震わせ、頭を大きくふった。

「杢之助さん……」

「………」

志乃は杢之助の名を呼び、あとにつづける言葉がなく、清次もしばし沈黙し、

「ですが李之助さん、なにもいますぐにとは」

「清次、おめえらしくもねえ言葉だぜ」

　李之助は返し、

「見られた以上、一日でも間を置いてみろい。儂が左門町のお人らと結託していたようになっちまわあ。とくに、おめえとはなあ。源造さんにも、奉行所にも、微塵もそう思われちゃならねえ」

「李之助さん」

「なにも言うな清次。黙って聞け」

「へ、へえ」

　清次はうなずき、李之助はつづけた。

「さいわい藤兵衛旦那も、長えあいだかけて、やっと以前を断ち切りなすったようだ」

「番頭さんとお手代さんのことですね」

「そうだ」

　志乃が言ったのへ、李之助は応えた。志乃が話に加わり、しかも口を入れるなど、これまでなかったことだ。

李之助の言葉は、さらにつづいた。

「榊原さまもこたび帰参がかない、めでてえことだ。きょうもそうだったが、よくできたお人だったなあ。そのお人がこの界隈からいなくなる。これも一つの潮時ってえ気がするぜ」

「街道はどうなるのです」

と、また志乃が言った。

「それよ」

李之助は志乃から清次に視線を移し、

「清次よ、おめえがそれをやれ。街道でどんな酔っ払いが暴れようと、少々腕の立つ侍が段平を振りまわそうと、おめえに対処できねえはずはねえ。それをいままでやらなかったのは、儂がここにいたからじゃねえか。以前を疑われ、それが儂に飛び火しちゃあまずい……と、なあ。その儂がいなくなりゃあ、もう誰になにを隠すこともねえ、正真正銘の街道の居酒屋の亭主だ。儂はおめえに、そうなってもらいてえのよ」

「李之助さん」

「おっと、なにも言うなと言っているだろうが」

そこへ、

「いえ、言います」

と、清次とのあいだに割って入った志乃の口調は、いつになく強いものになっていた。

「おミネさんはどうなるのです。おミネさんの気持ちは……」

「おっと、志乃さん。儂の気持ちも考えてくんねえ。それは、おめえさんらが一番よく知っているはずじゃねえのかい。……おミネさんを、元盗賊の女房にできるかい。品川で包丁人の修行をしている太一を、元盗賊のせがれにできるかい」

「そ、それは……」

志乃にも清次にも、つづける言葉はなかった。その李之助の心情は、ずっと以前から清次にも志乃にも分かっていたのだ。

李之助は言った。

「なにも知らねえおミネさんとは違い、志乃さんがなにもかも承知で、清次と一緒になってくれたのは、ほんとうありがてえぜ。おかげで儂も長年、安心して左門町で暮らせたのよ」

「そりゃあ、あのとき、わたしの奉公する呉服屋に盗賊が入り、殺されそうになったのを救ってくださったのが、杢之助さんと清次さんでしたから」

「言うねえ、あのときのことは」

こんどは杢之助が強い口調になった。そのことがきっかけとなり、杢之助と清次は外道に走ろうとした仲間を始末し、その場で頭も葬って白雲一味をこの世から消し去ったのである。

座に、

「………」

しばし沈黙がながれ、

「で、杢之助さん。左門町を出て、そのあとは……」

「分からねえ。なあに、儂は東海道を股にかけた元飛脚だぜ。知らねえ土地はねえ。ともかくだ、おめえらもなにも知らねえ。今宵、儂がここへ来たこともなあ。源造さんにも、町の衆にもそう言うんだ。それじゃ、長居は無用だ」

杢之助は腰を浮かせた。

「待ってくだせえ。志乃、早く」

「は、はい」

志乃は立ち、洗濯してある着物に帯、道中合羽に道中差し、手甲脚絆、いずれも清次のものだが、さらに菅笠に草鞋もととのえた。木戸番小屋に戻れば、売り物の新しい草鞋も菅笠もあるが、いまは栄屋の佐市が留守居をしている。行けば杢之助が清次の居酒屋に戻って来たことが分かってしまう。

「これを」

清次はいま家にある有り金のほとんどを巾着に入れ、杢之助のふところに押し込んだ。

店場に出た。

「せめておミネさんに」

手燭を手に、志乃が言った。

杢之助も長屋の路地に立ち、陰ながら別れを告げたかった。

だが、言った。

「ふふふふ、それを未練って言うんだぜ。おミネさんに松つぁんに竹さん、それだけじゃねえ。一膳飯屋のかみさんにも、界隈の住人みんなに……儂は世話になり過ぎた。しかしよう、いずれこの日の来るのは、覚悟していたさ。さあ、そうと決まれば、木戸番小屋のことはすまねえが、藤兵衛旦那と相談してうまく按配してておいてくんねえ。いま気がかりといえば、それだけよ」

外に出た。

「杢之助さん」

清次と志乃があとを追おうとした。

「おっと、見送りは困るぜ。俺は簞笥裏の伊賀町からずらかって、ここには来なかったのだからなあ」

と、二人を押し戻し、外から腰高障子を閉め、さらに雨戸も閉めた。

「杢之助さん！」

清次が内側から腰高障子を引き開け、雨戸をたたいた。

杢之助は数歩、その軒端から離れ、

「いつまでも二人、仲よくこの町で暮らすんだぜ。清次、おめえには過ぎた女房だからなあ」

心中につぶやき、

（さて、どこへ）

西に行くか東にするか、一瞬迷い、

（ともかく左門町から）

歩を進めた。前かがみなどではない。道中合羽に菅笠、脇差を差しておれば、一見、股旅者（またたびもの）のようでもある。数歩進み、立ちどまった。ふり返らなかった。

「すまねえ、みんな」

つぶやき、そのまま大股になった。

四

簞笥裏の伊賀町では、自身番が緊迫し混雑していた。源造に、杢之助の足技を思い起こす余裕はなかった。

盗賊五人に縄をかけ、奥の板敷きの間に押し込めているだけではない。同心の差配を得るまでもなく、源造と町役たちの裁量で銀右衛門と左次郎、それに手代の二人を、町内預かり扱いとしたのだ。在宅のままの足止めである。なにしろ裏帳簿に不法な高利貸しの貸付証文などが源造の手にあり、それを町役たちも目をとおしたのだ。騒ぎが収まり、座敷の床柱の下が開けられているのを見たとき、銀右衛門と左次郎は色を失ったものである。

それだけではなかった。自身番での尋問のなかで、押し入った三人の与太たちが〝加之充〟と〝市之丞〟の名を吐いたとき、

「な、なんだと！」

と、源造は仰天し、色めき立ったものだった。町役や書役たちも驚いた。かねて手配中の盗賊ではないか。それを源造が押さえた。大手柄であり、源造の名は江戸中の同業のなかで鳴り響くことだろう。

すぐさま源造は、深夜というのに義助を八丁堀に走らせた。あしたの朝早く、同心が捕方を引き連れ、加之充たちを引取りに来るだろう。同時に、銀右衛門たちも茅場町の大番屋に引き立てられるだろう。重なる源造の手柄である。

夜明けにはまだ間のあるころ、

「源造さん、これで俺は引き取らせてもらうよ。夜が明ければ手習い処が始まるからなあ」

と、真吾が言ったとき、

「これは旦那、さようですかい。ご苦労さんでやした。えっ、バンモクは？　さっきから姿が見えねえようだが」

と、ようやく杢之助のいなくなっていることに気づいたのだった。杢之助が清次と話し込んでいる時分である。

真吾はさらりと言った。

「あゝ、山屋での騒ぎが収まったあとすぐ、左門町の木戸があるからと帰ったようだが」

「えぇえ！　木戸はいいと言ってあるのに、バンモクらしいや。ん？　あの騒ぎのとき、あいつ……!?」

と、そのときの衝撃を、あらためて思い起こした。だが、それを考えつづけることはなかった。山屋の監視に、町役と図(はか)って伊賀町の若い衆を出す手配をし、さらに同心に報告するため、加之充と市之丞への尋問を始めるなど、深夜に多忙をきわめたのだ。加之充と市之丞は当初、自分たちがそれであることを否認したが、源造がそっと、

「なあ、おめえら。五郎太と三郎左の殺しよ、同心の旦那に報告しないでおいてやってもいいんだぜ」

と、交換条件を出したことから、ついに認めた。だが、ほかにも殺しをやっており、死罪は免れないだろう。打ち首だけで終わるか、その首が獄門台にさらされるかの違いだろう。

この日、源造は一睡もできなかった。山屋で待ち伏せているとき、いくらか仮

眠をとっただけである。夜が明けてからは同心が捕方を引き連れて来るなどで、年の瀬に忙しさは倍加した。

左門町では日の出とともに、異変に気づきはじめていた。

栄屋手代の佐市が、日の出には豆腐屋や納豆売りから、

「きょうもあんたかね。いつもの木戸番さんはどうしたね」

「風邪でも引きなすったかい。だったら早うよくなってもらいてえぜ」

などと声をかけられ、間違いなく木戸を開け、長屋の井戸端では、

「きょうもご苦労さんですねえ。杢さん、もうすぐ帰って来るでしょうから」

と、おミネからも声をかけられていた。

だが、なかなか戻って来ない。佐市はそろそろ店に戻らなくてはならない。手習い処の榊原真吾も一緒に簞笥裏の伊賀町に行ったことを知っているので、そのほうではと街道を横切り、手習い処に走った。

真吾は帰っていたが、

「ん？　俺より先に帰ったはずだが」

と、首をかしげた。同時に真吾はこのとき初めて、

（あのとき見せた足技が、なにか関わっているのでは）

気づいた。だが、

（李之助どのには李之助どのの都合が……）

真吾は解し、

「実は昨夜、大捕物があって、なにか源造さんに頼まれたのでは」

と、あいまいに応えた。

真吾は騒ぎの概要を話したなかで、李之助の足技は伏せた。

佐市はとって返し、松次郎ら長屋の住人に伊賀町での騒ぎを告げ、

「そのうち帰って来なさろうから」

と、木戸番小屋の留守居を松次郎たちに頼み、店に戻った。長屋の路地ではしばし山屋の話でもちきりになったが、このあとすぐ餅つきが始まる。町内の住人みんなで木戸番小屋の留守居をするようなものだ。

清次の居酒屋では、佐市から話を聞いた藤兵衛が、

「木戸番さんがまだだとか、なにか聞いておりませんか」

と、心配げに顔を出していた。

藤兵衛にだけは、

『実は、李之助さんはもう左門町に……』

話しておきたいのを、清次はこらえた。

不安そうに帰る藤兵衛の背を見送り、暖簾（のれん）の中で志乃は、

「おまえさん」

「これでいいのだ。これが杢之助さんの望むところなのだ」

清次は言った。

「はい」

志乃はうなずいた。志乃も、おミネに話したいのを、早朝からじっとこらえているのだ。

（このまま、一生、言わずにおこう）

と、心に決めている。

木戸番小屋の横で、餅つきが始まった。小気味のいい杵（きね）の音と勢いのあるかけ声が、街道にも聞こえてくる。簟笥裏の伊賀町でも、あわただしいなかにも餅つきは始まっているだろう。

このとき、杢之助の身は品川にあった。

豆腐屋や納豆売りが木戸を入り、佐市に声をかけているころである。杢之助は

る店である。

物陰から老舗割烹の浜屋の玄関をじっと見つめていた。太一が奉公に上がってい

日の出とともに、脇の路地から大八車が飛び出て来るはずだ。河岸への買い出しである。

出て来た。兄弟子が軛に入り、太一があとを押し、その横に包丁人頭が走っている。李之助のすぐ前に来た。車輪の音に混じって聞こえた。包丁人頭の声に太一が返したのだ。

「どうだ、太一。きょうはおまえに仕入れの目利きをさせてやろうか」

「はい、親方。お願いします」

元気な声だった。もの言いもしっかりしている。

走り過ぎた。あとに土ぼこりが低く舞っている。

太一は気づかなかった。太一の知っている李之助は、あくまで〝木戸のおじちゃん〟なのだ。それが十年も若返ったような、股旅者を思わせる姿では、視界に入っても笠で顔を隠していては分かるはずはない。大八車はすぐに角を曲がったが、車輪の音が聞こえなくなってからも、李之助は消えた方向を、

「おめえ、年が明けりゃあ十四歳だなあ。もう一人前だぜ」

つぶやき、じっと見つめていた。

幼児のころ太一は、おミネが清次の居酒屋で働いているあいだ、杢之助の膝の上で遊んでいた。真吾の手習い処に通いはじめてからは、帰って来るなり〝おじちゃーん〟とすり切れ畳に手習い道具を放り出し、遊びに木戸番小屋から飛び出ていたのだ。

（おっといけねえ）

朝っぱらから股旅姿で老舗の料亭をじっと見ていたら、他人に怪しまれる。離れた。数歩進み、立ちどまった。暗闇のなかに左門町を離れたときはふり返らなかったが、ここではふり返った。大八車の消えた方向である。またつぶやいた。

「おめえのこさえた料理、なんでもいい。いちど喰いたかったぜ」

歩き出した。といっても、あてがあるわけではない。品川といえば宿場町である。足が向く先は、やはり勝手知った東海道であろうか。陽がいくらか高くなった時分には、杢之助の身はもう品川宿を離れていた。

午近くなった。すでに書き入れ時が近いというのに、左門町の通りにけたたましい下駄の音が響いた。一膳飯屋のかみさんだ。これも年の瀬の忙しさのせいか、朝早いうちに長屋に伝わっていた話が、ようやく一膳飯屋のかみさんの耳にも入ったようだ。

「杢さん、杢さん。簞笥裏の伊賀町で大捕物だって？　杢さん、手習い処のお師匠と行ってたんだろう⁉」

杵をつく松次郎のかけ声よりも大きな声で、木戸番小屋に飛び込んだ。

いない。

「あれ、杢さんは？」

木戸番小屋から首を出し、餅つきの面々に声をかけた。

「まだ帰っていないのよ。おかみさん、あんまり勢いよく走っていたから、とめられなかったじゃないの」

おミネが言ったのへ一膳飯屋のかみさんは、

「えっ、まだ向こうに？　だったら手習い処のお師匠に」

「よしねえ。いま手習いの最中だぜ」

木戸番小屋から飛び出し、街道のほうへ走ろうとしたかみさんに、松次郎が杵をつく手をとめて言った。

かみさんはじれったそうに、

「あ、そうか。だったら、んもう、誰に聞けばいいんだよう」

「あはは、そのうち杢さんが帰って来るから、一部始終を詳しく聞けらあ」

「そうだね。帰って来たらすぐ教えておくれよ。ああ忙しい、忙しい」

松次郎に言われ、一膳飯屋のかみさんは肩を落として帰って行った。

杵の手をとめたついでに松次郎が言った。

「あの杢さんが、おかしいじゃねえか。なんのつなぎもなくこの時分まで帰って来ねえとは。俺、ちょっくら見に行ってくらあ」

と、杵を竹五郎と代わり、木戸を街道へ駈け出た。みんなの視線が心配げにそれを見送った。

その松次郎がしょんぼりと帰って来たのは、午もすっかり過ぎた時分だった。

松次郎が木戸を入るなり杵の音はやみ、餅つきの面々は松次郎を取り巻いた。

松次郎が御簞笥町に行くと、源造の女房どのが、いま茅場町の大番屋に行っていると言い、杢之助が一緒だったかどうかは、

「――さあ、それは聞いておりませんが」

だった。

仕方なく簞笥裏の伊賀町の自身番に行くと、

「――左門町の木戸番？　誰だね、それは」

だった。

ここに至って、ようやく左門町の住人は心配しはじめた。

「なあに、源造さんから大事な用事を頼まれて、俺たちにつなぎも取れねえほど忙しいに違えねえ」

言う者がいて、一同はなんとか気を取りなおした。

ところが夕刻になっても帰って来ない。町の心配が募るなか、

（すまねえ）

清次は心中に詫びながら、藤兵衛と相談し、しばらくは栄屋から夜だけ木戸番小屋の留守居を出すことにした。

おミネが、

「わたしが木戸番小屋で待ちます」

言ったが、それは清次が許さなかった。無理かもしれないが、おミネに早く杢之助を忘れさせなければならないのだ。

藤兵衛はうすうすながら、杢之助のもう帰らないことを感じ取っているようだった。だが、誰にもその理由を訊くことはなかった。

五

やはり源造は、多忙だった。押さえた山屋の裏帳簿と証文類が根拠となり、町内預かりにしていた銀右衛門と左次郎、それに胡散臭い手代二人も、大番屋に引くことになったのだ。同心が捕方を連れて山屋に入り、四人に縄を打ち、引き立てた。源造も同行し、意気揚々とその案内役を務めたものだった。

自殺者はいても、直接手にかけたのではないから死罪にはならないだろうが、質屋仲間からの追放はむろん、闕所（けっしょ）（私財没収）のうえ江戸所払いは免れないだろう。

夕刻、疲れた身で源造は御箪笥町に戻り、女房を相手にひと息ついてから、

（あの足技は……）

ハタと気づいた。というより、思い起こした。

「おまえさん、どうしたんですか」

女房は訊いたが、

「いや、なんでもねえ」

と、それを話すことはなかった。

夜具に入ってからも、それが念頭から離れることはなかった。疲れているはずなのに、眠れない。脳裡がつぎからつぎへとめぐるのだ。

（あれはいったい？）

源造にとって、一瞬のまぼろしであった。

だが、現実だったのだ。

しかも、

（俺を助けるためだったような）

と、ありがたがっているわけにはいかない。あのような技があるなら、いままでなぜ見せなかった……。

（隠していやがった）

思いあたる節はかずかずある。これまで杢之助に合力を頼み、修羅場も幾度かあった。いずれも杢之助はあわやというところで切り抜け、手柄を言い張ることもなく、さらりと身を引いていた。考えれば、きょうもそうであった。

（なぜだ）

理由（わけ）があるに違いない。

それに、いかに元飛脚で健脚だとはいえ、

(あの足技は、いってえなんなんだ)

そこにも当然、思いを巡らせる。

かすかに、午ノ刻の鐘が聞こえてきた。

(あっ)

気づいた。伊賀町ではたまたま草鞋だったが、木戸番人はいつも下駄を履いている。だが、その足音をこれまで、

(聞いたことがねえ。まるで、忍びの者か盗賊のように)

そこまで思いを馳せたとき、

「ええぇぇ!?」

声に出し跳ね起きた。闇のなかで、不意に寒気に身が包まれる。いよいよ目が冴えた。

となりに寝ていた女房が、

「なんですねえ、急に大きな声を出して」

寝ぼけ声を出した。

「むむむっ」

「だから、なんなんですか。悪い夢でも？　おお寒い」

「いや、なんでもねえ」

また横たわり、掻巻を首まで引き上げた。

きのうからの睡眠不足である。目が痛い。

脳裡はめぐっている。

岡っ引の手札をもらっている同心から昼間、

「――おまえの手柄は大きいぞ。手配中の盗賊を待ち伏せて一網打尽にし、同時に法度破りの悪徳質屋を挙げるとはなあ」

大いに褒められ、疲れを吹き飛ばしたものである。

その同心がこれまで、ときおり言っていた。

「――源造、おまえも知っておるだろう。むかし白雲一味という、あざやかな手口を見せる大盗がいた。それが内輪もめか押し入った先で殺し合い、自滅してしまった。十数年前のことだ」

と、源造もそのことは知っている。

だが同心の言葉は、それだけではなかった。

「――ともかくめでたいことには違いないが、奉行所の手でお縄にできなかったのは、いまなお悔いが残るぜ。だがな、逃げのびたやつが幾人かいて、そのあとそやつらしい盗賊は一度も出ていねえ。いずれかに隠れちまいやがったのだろうよ。面も名も割れていねえのだから、現われねえ限りお縄にもできねえ」

言いようは、いかにも悔しそうだった。

これまで源造は、それを杢之助にかぶせてみたことは一度もない。ところがいまフッと、脳裡をよぎったのだ。

（ぶるるる、そんなはずはねえ。あの杢之助が白雲一味だったなど……）

源造の脳裡は否定したが、疑念が消え去ったわけではない。

このあと、いくらかうつらうつらとすることはできた。日の出のころ女房に起こされたのだから、いくらかは眠れたのだろう。

まだ一人前とは言えないが、かなり下っ引らしくなった義助と利吉を連れ、源造は茅場町の大番屋に出向いた。盗賊の加之充一味と銀右衛門の質屋一味を大番屋に引いた翌日である。この日は朝から加之充たちを牢問にかけると同時に、山屋の裏帳簿や貸付証文の裏を取る探索が本格的に始まる。

年の瀬と重なったその多忙のなかに、源造は、

「盗賊ついでに、白雲一味のこともうかがいてえのでやすが」

と、同心に問いを入れた。大手柄の源造の問いである。

「えっ、まさか、おまえ。白雲の残党にも目串を刺したと!?」

同心は源造のお株をうばい、眉毛をびくりと動かした。

「いえ、そうじゃねえんで。目串を刺したくなるような者がどこかに潜んでいねえかと、ただ参考までに、へえ」

「ふむ、そうか。いい心がけだ。念頭のどこかに置いておけ」

と、同心は語った。一味の人数は分からないのだから、逃げのびた者が幾人かも判明していないらしい。どうやら十人前後の一統と見通しを立てていて、

「逃げのびたのは二、三人かなあ。四人を超すことはない。ただそのなかに、かなり歳喰った副将格の男と、それにめっぽう足の達者な若いのが混じっていることは確かなんだがなあ。判っていることはそれだけだ」

材料が乏し過ぎる。だが、

（あっ）

源造は胸中に声を上げた。

しかし、

「頭に入れておきやす」

言っただけで、左門町の木戸番人の話を同心にすることはなかった。山屋での手柄を自分一人のものとしているからだけではない。

同心の記憶では、副将格の人物と足達者な男とが別人になっている。だが、あいまいな記憶のなかに、それが正確とは断言できない。しかも、白雲一味の消滅したのは十二、三年前ではないか。そこから〝歳喰った〟と〝若いの〟を取り払い、足して一人の人物としたなら……。

こじつけではない。これまでの杢之助の不思議が、ほとんど解消するではないか。大盗の副将格にまでなっていたのなら、あの足技も不思議ではなくなる。だから、……隠さねばならなかった。

午過ぎである。証文の裏取りを義助と利吉に任せ、源造は左門町に向かった。きのう、杢之助は左門町の提灯を山屋に忘れて帰っている。

「それを届けてやるか。野郎、どんな面をしやがるか」

つぶやき、街道の雑踏に歩を踏んだ。大番屋で同心の前では動いていなかった眉毛が、いまはひくひくと上下している。

飲食の店ではそろそろ書き入れ時が終わる時分になっていた。

源造の雪駄の音が左門町の木戸を入った。

「あっ、源造親分！」

声が上がると同時に、

「えっ、源造さん？」

杵の音がやみ、

「親分さん」

「源造さん」

と、餅つきの面々が源造を取り巻いた。杵は大工だった。松次郎と竹五郎は小休止で木戸番小屋に入っていた。声が聞こえるなり、

「なに、源造が来た！」

飛び出し、居酒屋の店のほうに出ていたおミネも騒ぎに気づき飛び出て来た。

これには源造のほうが面喰い、

「ど、どうしたい、みんな」

「どうしたじゃねえぜ。やい、源造の親分さんよう。左門町の杢さんになにを頼みやがった」

「二日も黙って帰えられねえ用事かい」

松次郎の声に、他の住人の声がつづき、おミネも人垣をかきわけて源造の前に

立ち、

「源造さん、おかしいですよ。いまだに李さんから連絡がないなんて」

詰め寄るように言った。

昨夜も木戸番小屋の留守居は、栄屋が出していた。

清次の居酒屋で浪人二人の喰い逃げ騒ぎがあり、源造も駈けつけた二十四日の夜に杢之助が出かけてから、きょう二十六日の午過ぎになっても、なんのつなぎもない。いまだ帰っていないことに、左門町は餅つきをつづけながらも心配の声が満ちはじめていたのだ。

「なんだって！　バンモクがまだ帰っていねえだと!?」

と、その事実を源造はいま初めて知った。

瞬時、脳裡をよぎった。

(遁走こきやがったか！)

なおもなじるような住人の声のなかに、源造は確信した。

(副将格と足達者は同一人物……もう此処には戻って来るめえ)

と。

年配の住人が言った。

「源造さん、杢さんは左門町の木戸番で、町の一部ですぜ。それを町の知らねえ御用に使ってもらったんじゃ困りますぜ」

湯屋のあるじで、栄屋の藤兵衛に次ぐ町役の一人である。

「そうよ、そうよ」

「そのとおりだ」

周囲の男や女たちから声が上がる。

「そうかい」

源造は返した。同時に、脳裡に走るものがあった。

(ふむ。バンモクは、此処でそのように生きていたのかい。そうだよなあ)

うなずいた。

すかさず悪態をついたのは松次郎だった。

「そうかいじゃねえぜ、源造さん。いま杢さんはどこにいて、いつ帰(けえ)って来るんでえ」

「やい、松。黙って聞きやがれ」

源造は返し、

「それに左門町のお人ら、よーく聞きなせえ」

と、一同を見まわした。

竹五郎もおミネも、湯屋のあるじもみんな、源造の言葉を待つように口を閉じた。

源造は言った。

人囲いのうしろのほうに、そっと藤兵衛と清次も出て来ていた。源造のだみ声は、うしろのほうにまで聞こえる。

「あゝ、あんたらの言うとおり、俺はバンモクに御用の仕事を頼んだぜ」

町の者は、源造が杢之助を他の番太郎たちとは区別をつけ、〝バンモク〟と呼んでなにかと頼りにしていることは知っている。

「その仕事はなあ、もう終わったぜ。ほれ、この町にも、うわさはながれて来ているだろう、伊賀町の山屋の一件だ」

「あゝ、知ってらあ。だったらなんでまだ戻って来ねえんだい。おかしいじゃねえか」

「そう、おかしいですよ」

松次郎が口を入れ、おミネもそれにつづけ、一歩まえに踏み出た。

「だから黙って聞けやい」

源造は一喝するように言い、話をつづけた。

「ここ二、三日、夜だけだったがバンモクと寝食を共にし、気づいたんだが、なにやらのっぴきならぬ用事を抱えているようだった。ぽつりと漏らした一言で感じたんだが、どうやら弟がどこかにいるようで、その家族の面倒を看なければならねえような破目になっているらしい」

とっさに出た方便である。

一同は互いに顔を見合わせ、ざわついた。一同にとっては初耳である。

「あれ、いねえぜ」

誰かが言った。一膳飯屋のかみさんだ。なにか聞いていないか訊こうとしたのだが、かくも重大な話をしているときに、一膳飯屋のかみさんがいないのはおかしい。きょうに限ってお客が混んでいて、商売繁盛はいいのだが木戸近くの騒ぎに気づいていないのだろうか。あとで聞いて地団駄踏むに違いない。

源造の言葉はつづいた。

「それが火急のようで、俺もバンモクに助けてもらっているのが申しわけなくてよう。それで山屋のカタがつくなり、さっさと現場を離れちまった……。そうかい、左門町には戻っていなかったのかい。だったら、直接行ったのだなあ」

「直接って、どこ、どこ、その、弟さんのいるところは」

おミネだ。

「聞いてねえ。ただなあ、山屋を出るとき、手甲脚絆を着けていたから、江戸を離れた、どこか遠いところかもしれねえ」

源造は言うと、空を仰いだ。源造にとってその仕草は、一世一代の大芝居だったかもしれない。

「だけど解せねえや。俺たちになにも言わずによう。いつ帰(けえ)って来るかも分からねえなんて」

こんどは竹五郎の声に、まわりがざわつきはじめた。

「わたしもいまの話、驚きましたじゃ」

と、人囲いをかき分け、栄屋藤兵衛が前に出て来た。

「あ、藤兵衛旦那」

「どう思いなさる」

「なにか、杢さんから聞いておりやせんか」

声がかかり、藤兵衛は応じるように言った。

「いいえ、なにも。ですが、わたしには分かりますよ、杢之助さんの気持ちが」

「どんなふうに」

また声がかかる。

「あの木戸番さんは、町にすこぶる溶け込んでいなさった。だから、なまじ町の人に会えば、決意が鈍る……と。それだからですよ、わたしにも皆さん方にも会わず、なにも言わず、町を離れなさった」

「まるで、もう帰って来ないような」

焼き芋をいつも買いに来ていた炭屋のおかみさんだ。

「はい。わたしも、さっきの源造さんの話から、それを感じ取りましたのじゃ。それで思いましたよ。あの木戸番さんの気持ちを、汲んでやりたい、と」

左門町の筆頭町役の言葉である。藤兵衛にとっては、この十数年間を締めくくる思いで言ったのかもしれない。

「そんなあ」

「この町に、もう杢さんがいないなんて」

餅つきの周囲がまたざわついた。

ずっとうしろのほうにいた清次が、

「源造さん、ほんとうですか。いやあ、驚きました。わたしも、なにも聞いていなかったものですから」

　と、前に出て来た。

「えっ、背中合わせの清次旦那もご存じなかったので？」

　町内の菓子屋のおかみさんである。

「へえ。まったく青天の霹靂(へきれき)ってえ思いです」

　清次は言い、

「源造さん、きょうは忙しいなか、わざわざそれを伝えにおいでなさったか。こ
こじゃなんですので、店のほうへ。熱いのを一杯、出させてくだせえ」

「それがいい。肴(さかな)になるかどうか、突きたてのお餅を持って行きますよう」

　人囲いの女から声が出た。住人たちの源造への態度が変わっている。

　清次が源造を街道のほうへいざない、餅つきがまた始まった。

「おう、杵をよこしねえ。俺がついてやらあ」

　松次郎がひったくるように杵をとり、

「くそーっ、どうしてなんでえ」

　――バシッ
　思い切り杵を打ち下ろした。餅がちぎれ周囲に飛び散った。

「ひゃーっ」

着物にかかって声を上げた者はいるが、文句を言う者はいない。

「まったくだよう」

左官屋の女房が臼(うす)の中の餅を、押さえつけるようにこねた。

おミネは清次と源造につづいた。顔面蒼白だった。

六

店の中はちょうど書き入れ時が終わり客足が絶えたところで、いるのは志乃だけだった。

源造と清次が飯台につき、さっそく熱燗が出された。このとき藤兵衛は、敢えて同席しなかった。

源造はお猪口(ちょこ)の熱燗を口に運んだ。

脳裡はめぐっている。いまからでも奉行所に駈け、手配をすれば捕えることはできるかもしれない。

「ふふふふ」

熱燗をのどにとおし、源造が含み笑いをしたのが、清次には不気味だった。しかし、

（いまさらなんになる。そんな野暮なこと、俺はしねえぜ）

源造の脳裡は、そうめぐっていたのだ。

だが念のためか清次に、

「バンモクは以前、ほんとうに飛脚だけだったのかどうか、なにか話したことはありやせんかい」

「いいえ、なにも」

「そうですかい。そうでやしょうなあ」

お猪口を手にしたまま、源造は清次に視線をそそいだ。

清次はハッとしたが、源造は清次に目串を刺したわけではない。視線の持って行き場がなく、たまたまそこに座っている清次に向けただけである。

「さあさあ、親分。もう一杯」

志乃がチロリを手に取った。

外からは、ようやく陽光の下にまともな餅つきの音が聞こえてきた。

この日、天保七年（一八三六）極月（十二月）二十六日であった。このあと、

どの町も餅つきは佳境に入っているだろう。篁笥裏の伊賀町でも、なにごともなかったように杵の音とかけ声が聞こえているはずである。

それらとおなじ陽光の下で、

「すまねえ、すまねえ。義理を欠いちまって」

もう幾度、杢之助は心中に念じ、口にも出したことであろうか。

「因果よなあ」

さらにつぶやいていた。

股旅姿で東海道を西へ進み、速足で早くも小田原城下を目の前にし、

「どこでもいい。贅沢かもしれねえが、静かに暮らしてえのよ」

下向き加減につぶやいたときだった。ちょうど左門町では、松次郎が思い切り杵を打ち下ろしたころである。

「ん？　どうした」

笠の前を上げた。

城下の町並みのほうから旅装束の男が一人、往来人のなかを振分荷物を振りまわしながら駈けて来る。そのうしろをまた旅装束の男が駈けている。二人とも笠

は投げうち、道中合羽は着けておらず、必死に走っている。

聞こえてきた。

「待てーっ、置き引きだーっ」

どちらも手甲脚絆であるところから、杢之助はとっさに解した。元飛脚であれば、街道のことには詳しい。おそらく胡麻の蝿が小田原城下の茶店でおなじ縁台に座った旅装束のお店者風に、

（――こいつの振分、かなりの金子が入っていそう）

目串を刺し、すきを窺ったのだろう。縁台に置いたときの音で、中身の目方はおよそ見当がつく。

胡麻の蝿はさりげなくお店者の振分荷物を引き寄せた。気づかれた。胡麻の蝿は脱兎のごとく駈けた。お店者は追った。

「そいつだーっ、捕まえてくれーっ」

叫んでいるが、往来人にすれば突然のことで、

「どけ、どけ、どけーっ」

得体の知れない男が全力疾走して来るのでは、右か左に避ける以外にない。しかし、

（許せねえ）

杢之助は左右に散る往来人たちとは逆に、ふらふらと道の中ほどへ歩み出た。

「危ないぞ、あんた！」

親切に言う者もいる。

疾走する男が近づくなり杢之助はあわてて避けるふりをし、足をかけた。

「うわわわっ」

男はもんどり打ってその場に倒れ込んだ。

こうなれば、

「捕まえろーっ」

近くの往来人が四、五人、倒れた男に飛びかかった。

「あり、ありがとうございますう。その振分、お店の大事なお宝が入ってるんですうっ」

旅装束のお店者は叫びながら追いついた。

往来人の一人が、

「そうか。俺、城下のお役人を呼んで来らあ」

町並みのほうへ駈け出した。

（いけねえ）

李之助は急いでその場を離れ、小田原城下の町並みに入った。入ればもう街道の騒ぎに関わった者か、ただの旅の者か見分けはつかない。

そのまま歩を進め、つぶやいた。

「あゝ、またやっちまったか」

数歩踏み、

（目立たず、生きたいのによう、儂は……）

胸中に念じ、ふり返ることなく町並みに歩を進めた。

（完）

あとがき

　ついに杢之助は必殺の足技を源造に見られた。それは同時に、杢之助が住み馴れた四ツ谷左門町を離れなければならない瞬間であった。

　もちろん清次が言ったように〝見られたからといて、以前がばれたわけでも〟ない。だが、源造は杢之助の以前を割出すだろう。実際源造は、奉行所の同心から聞いた昔話を、杢之助がかつて大盗の副将格であったことにつなげている。

　時期的にもこのとき、榊原真吾の酒井家帰参が決まり、栄屋藤兵衛は手代の佐市を番頭に引き上げるなど、長年の心の痛みをようやく払拭していた。

　この藤兵衛の事件こそ、杢之助が左門町の木戸番人になって最初に解決というより、奉行所の役人を一人も左門町に入れず、栄屋に衆目を集めることもなく処理した最初の事件だった（第一巻『木戸の闇裁き』）。

　さらにこの直後に見た、際物師・与助の女房おフサがお岩稲荷の境内で殺された事件（同）を皮切りに、鼠小僧次郎吉の通い女房おケイが左門町に越して来たことから起こった騒動（第十巻『木戸の夏時雨』）。左門町に浪人一家が越して来て町が大名家の争いに巻き込まれそうになり、大山詣りに出て浪人一家を江戸から逃がした武勇談（第十五巻『木戸の隠れ旅』）。はては〝空飛ぶクラゲ〟で四ツ谷一帯を火の海にしようとした火付け事件（第二十一巻『木戸の鬼火』）。左門町裏手の長安寺門前町の長屋住人が、伊賀町の福寿院が開帳した富札を割札で買い（現代でいうグループ買い）、百両を当てて騒然となったなかに発生した詐欺事件（第二十八巻『木戸の富くじ』）など、今回の山屋の盗賊退治（第三十三巻）も合わせ、杢之助が闇に走り処理した事件は枚挙にいとまない。

いずれも〝身に降る火の粉は払わねばならぬ〟と積極的に踏み込み、処理していったのだった。そこには杢之助の足元に居酒屋の清次が控え、松次郎と竹五郎が知らず目となり耳となり、真吾が時にはともに闇走りをすることもあり、さらに岡っ引の源造をうまく活用したからこそ、左門町が火の粉を浴びることなく解決できたのである。

杢之助にとって〝身に降る火の粉〟とは、奉行所の同心が左門町に入り、木戸番小屋が詰所になり、町の案内人としてそれら同心と接触しなければならなくなることだった。李之助は清次に常に言っていた。

「奉行所には、どんな目利きがいるか知れたものじゃねえ」

身に沁みついた臭い(におい)は、そう簡単に消えるものではない。そこを李之助は恐れていたのである。ならば、いずれか人里離れた土地で暮らせばいいというものだが、そのような所ではかえって目立つ。そこで選んだのが、街道に面し人通りも多い左門町の木戸番小屋であった。その雑踏のなかに埋没し、目立たず静かに暮らしたかったのだ。そのためにも左門町に事件があってはならなかった。町が平穏でなければならないのだ。だから事件が起こりそうになれば、迅速かつ秘かに火消しに走っていたのである。

そうした針の莚(むしろ)のような日々に、李之助の心をなごませてくれたのは、太一であり、おミネの存在であった。だから一層、以前を知られてはならなかった。それは、李之助が左門町を離れてからも同じことである。おミネや松次郎、竹五郎たちが以前を知れば、李之助の左門町での暮らしがすべて住人たちを騙していたことになってしまう。それは李之助には、耐えられないことだった。

源造に盗賊時代とつながる足技を見られたのが、栄屋藤兵衛が以前を払拭し、真吾の帰参が決定したのと重なったのは、まさに李之助が清次に言った〃一つの潮時〟を示すものだった。

　栄屋の事件は文政十年（一八二七）一月で、本編の山屋の事件は天保七年（一八三六）十二月である。ちょうど十年を経ている。思えばこのシリーズが始まったのは二〇〇二年三月であり、最終巻となるこの三十三巻の発刊は二〇一六年一月である。杢之助の左門町在住の期間よりも数年長くつづいた。これはすべて杢之助を支えて下さった読者の方々のおかげであり、深く感謝している。

　ならば、この潮時に左門町を離れた杢之助はどこへ行くのか。あくまで杢之助は因果を引きずりながらも、静かに生きたいのである。しかし、足の向いた小田原の手前で、盗賊を経験したが故に身についた正義感から、〝またやっちまった〟のである。それでも杢之助は、世間に目立たず、人知れず生きたいと願っている。そのためには、四ツ谷左門町よりももっと人がひしめく雑踏のなかに紛れ込もうとするかもしれない。還暦を迎える杢之助の人生は、決して左門町で終わったわけではないのである。

平成二十七年　冬

喜安幸夫

この作品は廣済堂文庫のために書下ろされました。

木戸の別れ

大江戸番太郎事件帳㉝

2016年1月1日　第1版第1刷

著者
喜安幸夫

発行者
後藤高志

発行所
株式会社 廣済堂出版
〒104-0061 東京都中央区銀座3-7-6
電話◆03-6703-0964［編集］03-6703-0962［販売］Fax◆03-6703-0963［販売］
振替00180-0-164137　http://www.kosaido-pub.co.jp

印刷所・製本所
株式会社 廣済堂

ISBN978-4-331-61653-6 C0193